ちくま文庫

三ノ池植物園標本室　上　眠る草原

ほしおさなえ

筑摩書房

目次

三ノ池植物園標本室　上　眠る草原

1　空への出口

吹き抜けになったロビーを歩き、エレベーターの前に立つ。すぐに、ぴん、と音がして、ドアが開いた。

乗るのはわたしひとりだ。空の箱に乗り、うつむきながら行き先階のボタンを押す。身体が縮まるような感触。

扉が開く。がんばれ。自分を励まして、うつむいたまま外に出た。

「え？」

顔をあげて、仰天した。なにもない。だだっぴろいフロアが広がっているだけ。机も椅子もパーティションもなにもない。人もいない。

まさか、うちの会社、つぶれちゃったの？　でもって、夜逃げとか？　じゃあ、今月の給料は？　頭のなかがぐるぐるまわる。でもどこかに、肩の荷がおりたと思っている自分がいた。

だが、いくらなんでも一晩でなにもかも消えてしまうのはおかしいんじゃないか。それに、夜逃げするのに会社の荷物全部を片づける必要はないはずだ。

まさか。

はっとしてふりかえった。エレベーターの扉の横の数字を見ると18となっている。

「うわ、まちがえた!」

うちの会社は二十階だ。あまりにもぼうっとしていて、行き先階のボタンを押しまちがえたらしい。自分の間抜けさに唖然《あぜん》とする。

そうだった、この階がなんの会社だったのか忘れてしまったけど(というか、一度も考えたことがなかったけど)、一週間ほど前にどこかの階から荷物が運び出されているのを見た。つぶれたのか引っ越したのかわからないが、荷物の運びだしでエレベーターが占領されて、みんながぶつぶつ言っていたのを覚えている。

やれやれ、と思いながらエレベーターの前に立ち、呼び出しボタンを押そうとして、なんとなくうしろをふりかえった。

がらんとしたフロア。荷物がないと、こんなに広いものなのか。

ふらふらと吸い寄せられるように部屋の真んなかまで歩いて、しばらくぼうっとなにもない部屋をながめ、ぐるんとでんぐりがえしをした。

「痛たたた」

硬い床に腰と背中がぶつかる。

そして、そのまま仰向けに寝た。

ため息をつき、横に転がった。ごろんごろんと床の上を転がって、窓際までいく。

「なにやってんだろう、わたし」

そうつぶやいて、窓の外を見た。


わたしはこのビルの二十階にある会社に勤めている。いつごろからだろう（もう月日を数える気力さえなくなっていた）、昇給も（もちろん賞与も）なく、有給も取れない。なのに毎日残業、昼休みさえ取れない忙しい日々が続いていた。

が、いちばんの問題は過剰労働ではなく、雰囲気の悪さだった。人は去っていく一方。このままでは同業他社に吸収されるかも、いや、もうそういう話があるらしい、などとだれかが言っていた。

気がつくと、身体がおかしくなっていた。身体じゅうが乾いているような気がするのだ。発泡スチロールみたいに、かさかさ、ぱさぱさしている感じ。クリームを塗っても効き目なし。栄養をとっている時間もなし。

そのうち、身体の内側までかさかさしているような気がしてきた。消化器官全体がささくれだって、食欲ゼロ。食べても飲んでも味がしない。目が乾いていて、涙も出ない。もちろん、医者にかかっている時間もない。

そして、全然眠れなかった。真っ暗な部屋に横たわり、なんとか眠らなければ、と思ってあせる。そしてますます眠れなくなる。当然、昼間はずっと眠い。

その前の日もまったく眠れず、朝方うたたねした、と思ったら目覚ましが鳴った。起きたとたん、猛烈な頭痛に襲われた。が、休むわけにはいかなかった。午後には大事な会議もある。それで、病院に立ち寄ってから出社します、と電話を入れ、十時過ぎにのろのろと家を出たのだった。

それにしても、こうやって寝転がってみると、空、広いなあ。真っ青な空に、筋のような雲が数本。こんなふうに空を見たのって、何年ぶりだろ?

でも、なんだか映像みたいだ。テレビの向こうのような。なぜだろうと考え、ガラス越しだからだと気づいた。オフィスばかりの高層ビルだから、窓ははめ殺しですべて開かない。

嘘のような空をもう一度仰ぎ見て、目を閉じた。

はっと気がつくと、空の様子がかなりちがう。時計を見ると、五時をまわっていた。

「うそっ」

目を閉じたのは一瞬だったはずなのに……。

あわてて飛び起き、立ちあがった。エレベーターに乗り、二十階の自分の会社までのぼる。もちろん会議は終わっていた。

病院で診てもらったあと、どうしても気分が悪くて、そこで休ませてもらっていて、としどろもどろで言い訳したが、課長には、それだったら無理しないで休めばよかったのに、と冷たくあしらわれた。

もう今日は帰るしかない。カバンを持って給湯室の前を通りかかったとき、後輩がゴミ袋を持ってうんうんうなっているのが目にはいった。

彼女はなんと鉢植えをそのままゴミ箱に捨てようとしていた。高さ一メートル近くあるテッセンの鉢植えを、だ。

「なにやってるの？」

わたしは驚いて声をかけた。

「あ、大島さん。枯れちゃったんです。で、験《げん》が悪いから始末しろ、って、社長が」

彼女は困ったように言った。

「でも、植物って、ゴミに出していいものなの？　土は？」

「じゃあ、どこに出すんですか？」

とっさに答えられない。考えてみると、ゴミに出す以外、どこにも捨てる場所なんかない。

「わからないけど、なんかちがう気がする」

「そう言われても……」

彼女は面倒くさいなあ、という顔でわたしを見た。

「なら、わたしが持って帰ってなんとかする」

どうしたらいいかわからなくなって、そう言った。

「大丈夫ですか？　重いですよ。っていうか、かさばるし」

「大丈夫、大丈夫。なんか、紐《ひも》みたいなの、あったかなあ」

つぶやきながら、給湯室の棚のなかを探る。

「それにしても、ちゃんと水も栄養剤もやってたのに、ここの植物ってすぐ枯れちゃうんですよね。なんでですかねえ？」

鉢を紐でしばるのを手伝いながら、彼女は首をひねった。

枯れた植物を抱えて会社を出て、満員電車に乗った。できるだけ邪魔にならないよう、端に立つ。だがまわりの人には迷惑そうにじろじろ見られた。

わたしのマンションは都心からすぐで、駅からも近い。しばらくうろうろあたりを歩きまわったが、土を捨てる場所なんて見あたらず、あきらめて家に帰った。

「こいつも、この前まで生き生きしてたのになあ」

キッチンの床に座り、干涸《ひから》びた鉢植えを見た。

テッセン……。

なつかしかった。わたしの実家の庭にも、テッセンがあった。白や紫の大きく開いた花びら。重なり合った蕊《しべ》。鉄線と称されるほど強い蔓。

わたしはどの花よりもテッセンが好きで、毎年咲くのを楽しみにしていた。水をやり、花の季節になると剪定《せんてい》し、弱ったときに蔓を固定するのも手伝った。

むかし刺繍で……。そう、はじめてあのステッチを開発したとき、モチーフにしたのもテッセンだった。

刺繍は、わたしの唯一の趣味だった。ほかにはとりたてて特技やすぐれたところなどなかったが、なぜか刺繍だけは得意だった。

はじめたのは小学校の高学年のころだ。母も刺繡が趣味で、作っているのをよくそばで見ていた。それで興味を持つようになって、教わったのだ。

はじめはフランス刺繡の本にある図案を真似て作った。それからだんだんさまざまな形式の刺繡を試した。

中学のとき、どこかの美術館で見た銅版画に衝撃を受けた。細かく短い線を何本も重ね、鳥や草を象《かたど》ったエッチングの作品だ。その一本一本の線がステッチのように見え、こんなふうに刺繡してみたい、と思った。

家に帰って、さっそく道具を出した。モチーフは、家の庭に咲いていたテッセンにした。大好きな花だったし、花も葉も蔓も、作りたいイメージにぴったりだったのだ。糸を一本取りにして、線を刻むように刺していく。細い線を重ねて作るので、できあがるまでいやになるくらい時間がかかった。

が、完成したときは満足した。布のうえでテッセンが息づいている気がした。あの版画のうつくしさには遠くおよばない。でも、これが自分のステッチだ、と直感した。

母に見せると、あらあら、いやだ、と言った。もっと感心してほめてくれるかと思っていたのに、あてがはずれて、いやだ、ってなんのことよ、と言いかえした。

――ごめんなさい、ううん、きれいよ、とてもきれい。自分なりのステッチを見つけるなんて、なかなかできることじゃないわ。お母さんはもう追い越されてしまったなあって、ちょっとくやしかっただけ。

母は苦笑いした。そうして、質の高い道具を買いそろえてくれた。

同じ手法で何枚か作るうちに、真っ白い麻にベージュ系の糸だけで刺繡するようになった。モチーフはいつも植物。植物の種類によって、黄色っぽいベージュから、モスグリーンっぽいベージュまで、さまざまなベージュを使い分けた。

大学を卒業するまではほんとうによく作っていた。だが会社にはいってからは、だんだん時間がなくなって、できなくなった。自分が刺繡を好きだったことさえ、忘れかかっていた。

なぜかぽろぽろ涙が出た。鉢植えの葉っぱをなでながら、このままでは枯れてしまう、とつぶやいていた。

こいつを捨てることなんかできない。もしかして、まだ根元は生きているかもしれないじゃないか。

剪定用のハサミは持っていないので、キッチンバサミで枯れている蔓をすべて切り落とした。棚の奥にはいっていた培養土と栄養剤を出してきて、いったん鉢から土を出し、培養土を混ぜて鉢に戻す。そうしてたっぷり水をやった。

次の朝、退職届を出した。課長にも部長にもため息をつかれただけで、とくに引き止められなかった。同僚たちには、あなたもなの、という顔で見られた。次の日から、淡々と机を整理し、仕事の引き継ぎをした。

両親には、電話で辞めることを報告した。実家は郊外の一軒家で、住むには快適だが、最寄り駅が都心から一時間、さらにそこからバス二十分、と、あまりにも通勤が辛《つら》く、途中から都心のマンションでひとり暮らしをするようになった。

電話に出たのが母で、ほっとした。

父は高校の教師で、実直だが無口で無表情な人だ。それが、わたしの就職が決まったとき、これで風里《ふうり》も一人前だな、と言って、見たことがないくらい喜んだ。勤めはじめてからも、たまに家に帰ると、まず、会社はどうだ、と訊いてくる。父と少し心が通じた気がして、悪い気はしなかった。

だから、辞めるとは言いにくかった。しかも、次もなにも決まってない。辞める理由もはっきりしない。根性がない、と言われればそれまでだ。

母が、そうなの、そういうことなら、まあ、しょうがないわねえ、とのんびりした返事をしているうちに、とにかくそういうことになったから、と言ってあわてて電話を切った。

退職の前の週、同僚たちが送別会を開いてくれたが、自分の送別会という実感がなく、すべてがガラスの向こうの出来事みたいだった。

最後の日、ビルの下にトラックが止まった。十八階に荷物が運びこまれているらしい。前の会社が出るときと同じようにエレベーターが占拠され、前と同じように、同僚たちはぶつぶつ文句を言っていた。

あたらしい会社がやってきたのか。運びこまれていくぴかぴかの机や椅子をながめながら思った。あの空き部屋はもうなくなるんだな。

帰り、会社を出て、自動ドアがうしろで閉まったとたん、ビルがよそよそしいものに思えた。何年も勤めた会社だったのに、過去の日々もすべてなかったことになってしまったみたいだった。

次の朝、目が覚めてしばらく、ベッドのなかでぼうっとしていた。もう急いで支度をする必要はない。ゆっくり歯を磨き、顔を洗い、着替えた。

そして、あてもなく外に出て、電車に乗った。どこに行くと決めたわけでもなく、ただいつもとは逆の、下りの電車に。

窓の外を風景が流れていく。都心から遠ざかるにつれ、空が広くなっていくのがわかった。高いビルはなくなり、一軒家が密集し、緑の量が増えはじめた。

ちょっとした繁華街が見えてきた。次は二ノ池という駅らしい。行ったことはないが、たしか二ノ池公園という有名な公園があったはず。大きな池のある広い公園。前になにかの雑誌に写真が載っていた。どんなところか気になって、降りてみることにした。

公園口から駅を出ると、商店街の向こうに、こんもりした緑が見える。あれが二ノ池公園だろう。道は少しずつくだり坂になり、途中から階段になった。

目の前に高い木々に囲まれた池が広がる。

ボートに乗っているカップル。犬の散歩をしている老人。自転車に乗っている中年の女の人。走りまわる子どもと母親らしい女性。

なにもかもゆったりしている。池のまわりを歩いていると、身体にまとわりついていたなにかが剝がれ落ちていくようだった。

それにしても、どうしよう、これから……。

空を見あげ、ため息をつく。貯金はあるから何ヶ月かはやっていけるだろうけど、その先どうするのか。早く新しい仕事を探さなければいけない。

あれから、実家には全然連絡していない。向こうからもかかって来ない。きっと父は口を閉ざしているのだろう。で、母はうまく言い訳できず、なんとなくぎすぎすした雰囲気になって……。

子どものころからそうだった。集団行動が苦手なわたしは、学校でうまくいかないことがたびたびあって、そのたびに、家のなかが不穏な雰囲気になった。

そういえば、うちの（いや、もう辞めてしまったから、前の会社の、というべきか）部長、なんとなく父に似てたなあ。生真面目で、几帳面で、筋を通すのが好きで。でもって、社長によく怒鳴られてた。

父も外ではあんななのかなあ。勤め続けるってたいへんなことだよね。毎日朝早くから学校に行って、自分の時間なんて全然なくて。そうやって育ててもらったのに、わたしはいったい……。ごめんね、父。

なんだか、情けなかった。身分証も保険証もなくなって、しばらくは自分がだれか証明するものさえない。パスポートだけはあるが、それでは外国人旅行者と変わらない。

そもそも、だれなんだ、わたし？

どこにも所属してない、ただの大島風里。この先の展望、なにもなし。

急にたよりない気持ちになり、ただとぼとぼと歩き続けた。

しばらく生い茂る木々のなかを歩いていると、急に足元があかるくなった。思わず顔をあげる。目の前に原っぱが広がっていた。

蟬が鳴いていた。青い空に雲がいくつも流れていく。夏の、密度の濃い雲だった。動くうちに形が変わり、散り散りになったり、くっついて大きくなったりした。

雑草だけの原っぱと大きな空を見あげながら、ぽかん、と突っ立っていた。

夏休みみたいだ。

小学校のころの青い空を思い出す。うちの実家の付近にはまだまだ野原が残っていて、夏、歩いていると、こんなふうに青い空が見えた。友だちといっしょに雑草を摘んで、それをふりまわしながら青い空の下を歩いた。

あのころは、朝があって昼があって、夕方になって夜になった。春が来て夏が来て秋が来て冬が来た。ずっとそういうことすべてを忘れていた。

外の景色なんて、見てなかったもんなあ。

ため息をつく。そのとき、原っぱの先でなにかが光った。

目をこらす。緑のなかになにかが水面のように光っている。日の光が反射しているらしい。だが、水面ではない。それは垂直に立っていた。

ガラス窓？　植物に覆われているらしく、建物の形は見えないが、どうやら建物の窓らしい。わたしは誘われるようにそちらに向かった。

原っぱの草をがさがさと踏みしめながら、小道に出る。目の前に、光の正体があらわれた。

家だ。木でできた家。植物に覆われて形が定かでなくなっている柵の向こうに、小さな草ぼうぼうの庭があった。雑草が生え放題、のび放題の、鬱蒼《うっそう》とした庭が。そして、その奥に、蔦に覆われた家があった。

廃屋……だろうか。

人が住んでいるようには見えなかった。それで、植物をかきわけて、家をのぞいた。形は定かでなかったが、その家がとても小さいことはわかった。そして、とても古そうだ、ということも。

向こうから光って見えたのは、庭に面している掃き出し窓だった。ガラス自体古そうで、表面が少し溶けかかっているように見える。そういえば、むかしガラスは液体だと教わったなあ、と思い出した。

柵のすみに小さな看板がかかっていて、「賃貸物件　入居者募集　管理　テルミー不動産」とある。賃貸物件？　ということは、貸してるのか。いや、この看板自体古そうだし、ずっと前にかけて忘れられているだけかも……。

日が雲でかげって、ガラス戸が風で鳴った。

そのとき、わたしは、自分がそのガラス戸の向こうにいるのを見た。どきん、とした。わたしが部屋のなかに立って、かすかに部屋のなかが見えた。畳の部屋だ。

一瞬後に、それがガラス戸に映った自分の姿だと気づいたが、まだどきどきしていた。

どのくらいそこにそうしていただろう。我にかえって家の前を離れた。

公園のこちら側は、どこも急なのぼり坂になっている。公園を底にした崖のような地形らしい。その斜面にはりつくように、家が建っている。二ノ池駅側のように店もなく、人の群れもない。ときどき犬を散歩させる人が通るくらいで、しずかだった。

少し行くと、二ノ池公園駅という駅があった。さっきのJR二ノ池駅ではなく、私鉄二ノ池線という線の駅らしい。古い木造の、小ぢんまりとした駅舎だった。駅の近くには店がいくつか並んで、小さな商店街を作っていた。

古ぼけた不動産屋の前で足が止まった。

テルミー不動産。看板を見てはっとした。さっきの古い家の入居者募集の看板にあった名前だ。あの物件、ここで扱っているのか。

店頭に賃貸物件の広告がならんでいる。でも、まさかあの家はないだろう。

さっきのガラス戸に映った自分の姿が頭をよぎる。

もしあそこに住んだら……？　草の生い茂る庭。家を出ればすぐに広い原っぱ。

いやいや。なにを考えてるんだ、わたし。いまは再就職のあてもないし、引っ越しをしてる場合じゃない。

が、気づいたら、不動産屋の戸をあけていた。

「あの、すみません」

なかを見まわし、おそるおそる声をかける。

「あ？」

ぼんやりした声が返ってきた。古い事務机とキャビネットの隙間の小さな空間に、白髪のおじさん（というかおじいさんと言った方がいいかもしれない）がひとりでお茶をすすっていた。

「ああ、あれ」

あの家のことを訊くと、おじさんは苦笑した。

「かなり古い物件だけど……」

ゆっくり言っておでこをなでる。ぷんとお酒の匂いがした。湯飲みで飲んでいたのはお茶じゃなくてお酒らしい。

「物件って、じゃあ、やっぱり貸してるんですか？」

「うん、まあいちおうね。でも、草ぼうぼうで、廃屋同然でしょ？ まあ、外から見るよりはしっかりした建物なんだけどね」

「見せてもらえますか？」

「そりゃ、かまわないけど」

おじさんはあっさり言って、引き出しから鍵を出してきた。


小道から見たときすっかり草に覆われていたなかに、小さな門が隠れていた。草をかきわけながら、おじさんのあとについていく。

おじさんが玄関の戸の鍵穴に鍵を突っこむ。少しはいりにくそうだったが、おじさんが慣れた手つきでくいっと持ちあげると、かちりと音がし、音をたてながら戸が開いた。

薄暗い。古い木の匂いがした。板張りの台所が見える。流しと調理台とガス台のまわりは小さなタイルで敷き詰められ、そのうえに小さな曇りガラスの窓がある。六畳くらいだろうか、いまのマンションのキッチンよりずっと広々している。

流しの反対側には仕切り戸があった。木枠に模様入りのすりガラスのはいったむかしながらの開き戸だ。端から端まで三枚の戸でできていて、はずすと二間続いて使えるようになっているようだ。

がらがらがら。おじさんが戸を開ける。

和室があった。さっき道の方からのぞいた、あの和室だ。

広かった。十畳くらいだろうか。目の前に緑が広がって、また、どきんとした。奥が一面掃き出し窓になっていて、小さな縁側に続いて草ぼうぼうの小さな庭、その向こうがあの原っぱなのだった。

左の壁にも窓がある。開放感があるせいで実際以上に広く感じた。いまのマンションより面積も広く、家賃はずっと安い。もちろん、都心からは遠くなるが、どうせ勤めていないんだから関係ない。

「この状態だからねえ」

おじさんは笑った。たしかにぼろかった。台所の床はところどころきしみ、和室の壁紙はあちこち剝がれ、畳もかなり傷んでいる。

「でも、悪い物件じゃないよ、作りはしっかりしてるし、部屋も広いし、天井も高い。最近のアパートなんかに比べたら、全然広々してる。公園も近くて、この家賃は破格だよ」

おじさんはなつかしいものを見るように部屋のなかを見まわした。

「大家さんは、改装はご自由にって言ってるの。でも、そこまでして住みたいって人はなかなかいないでしょ？　もったいないよねえ、この扉とか窓とかなかなか味があるんだけどね」

そう言って台所と和室の仕切り戸をなでた。

ここに住みたい。

心のなかにそんな声が響いた。だが、住むとなったら相当手を入れなければならないだろう。日ごろの手入れだってたいへんそうだ。わたしにそんなことができるのだろうか。

だいたい、失業中の人に貸してくれるものだろうか。とりあえず再就職が決まってからじゃないとどうにもならないな。そう思って、あきらめて家に帰った。

だが、夜ベッドに横たわると、あの家がまぶたの裏にちらちらした。気になる。気になる。気になる。

朝起きて窓をあけて、あの原っぱが目の前にあったら。目を閉じると、日の当たる原っぱが頭のなかに広がって、虫の声まで聞こえてきた。あー、ダメだ。やっぱり、住みたい。あそこに住みたい。

部屋のなかを見まわす。通勤に便利というだけで選んだ、駅徒歩三分のマンション。便利できれいだけれども、圧迫感がある。

窓をあけても、見えるのは隣のマンションの壁だけ。日当たりはゼロ。夜になっても車の通りが激しいし、酔っぱらいのケンカまで聞こえてくる。

こんなとこに住んでちゃダメだ。

お金？　ほんとにどうにもならなくなったら、コンビニバイトだってある。家賃自体はいまよりずっと安くなるんだ、長い目で見たら、結局得じゃないか。頭のなかで電卓を叩く。

そんなこんながぐるぐるして、そこに四季折々の原っぱの風景も混ざって、いつのまにか眠っていた。

目覚めて、思った。

借りよう。あの家と出会ったのは、きっと運命なんだ。とにかく、申しこむだけ申しこもう。改装だってなんとかなる。日曜大工は嫌いじゃないし、とにかく時間だけはたくさんあるんだから。

そう決めると、いてもたってもいられなくなって、すぐに二ノ池公園駅に向かった。あの不動産屋の前に立つ。テルミー不動産。昨日はそこまで考えなかったが、変わった名前だな。どういう意味だろう？　わたしに話して？　なにを？　でも、いまはそんなことを考えている場合じゃない。

思い切って扉を開けた。おじさんは、昨日と同じ隙間のような場所で、昨日と同じ姿勢で湯飲みを持って座っていた。

扉を開けるなり、あの部屋、借りたいんです、と言った。落ち着いて言ったつもりだったが、思いがけないほど切羽詰まった口調になってしまった。

おじさんは目を丸くしてこちらを見て、はあ、とだけ言った。

失業中だけれども、しばらくは貯金でなんとかなります、ちょっとたてば失業保険もらえるし。できるだけ早く次の職を探します、と早口に言った。

だが、おじさんは聞いているのかいないのかわからない感じで、ずっと湯飲みのお酒をすすったままだった。しばらくたってから、じゃあ大家さんに申しこんでみるから、と言われて、不安になりながら家に帰った。

契約はなぜかすぐにまとまった。次の日には電話がかかってきて、ＯＫが出ましたよ、と言われた。

あの家に住める。

小踊りしたが、次の瞬間はたと冷静になった。引っ越すためにはまずあの家を住める状態にしなければならない。

下見に行き、これは予想以上にたいへんそうだ、と思った。

改装に時間がかかることを見越して、それまで住んでいたマンションの契約解除を少し先にした。荷物を運ぶ前に、毎日通って少しずつ手直ししていくつもりだった。

まずは草むしり。というより、草刈りからはじまった。いまのままでは、門から玄関までたどりつくのも至難の業だ。

しかし、よく見ると雑草たちもそれなりに花をつけたり実をつけたりしてかわいく、結局玄関までの小道を確保する程度で、庭は草ぼうぼうのままにした。家に巻きついた蔦も、窓の前を刈るのみにした。

家のなかは台所からはじめることにした。床のきしむところだけ補強し、濃い茶色だった壁を水色がかった白に塗り直した。流し台も扉を塗り直すと見ちがえるほどきれいになった。

台所と和室のあいだのガラス戸は、古くていい感じだったのでそのままにした。玄関まわりも、古びた木の靴箱はそのままにして、壁だけ白く塗り直すと、かなりあかるくなった。

和室の方は、籐でできた半間のもの入れの戸も気に入っていたし、梁《はり》や柱、鴨居の木の全体に古びた感じがよかったので、できるだけそのままにしようと思った。だが、板張りの壁はかなり汚れていて、台所と同じ濃い茶で重苦しかったので、塗り直すことにした。

まず、窓のない方の壁に台所と同じ水色がかった白を塗りはじめた。だが、一面塗ったところで、ちょっとちがう気がしてきた。寒々しいし、梁や柱の色とちがいすぎて、浮いてしまう。

結局、いろいろ考えて、くすんだ白に塗り直した。でも、せっかく塗った色ももったいない。それで、丸く残すことにした。わたしの身長くらいの直径の大きな円だ。

塗り終わってみると、まわりに塗った色のせいで水色っぽさが際立ち、空に向かってあいた丸い窓のように見えた。空への出口みたいだな、と思った。

問題はぼこぼこの畳だった。畳ってどこに行けば買えるんだろう。そもそもベッドがあるから畳じゃなくてもいいのかもしれない。板を張ればいいのだろうか。だとしても、板はどこで買えるのか。

途方に暮れているところに、テルミー不動産のおじさんがやってきた。

どうやら、テルミー不動産がこの建物の管理も行っていたらしい。テルミー不動産といっても、結局のところ、この野村さんというおじさんひとりだけしかいないみたいだったが。

「へえ、こりゃまたずいぶん派手にやってるじゃないの」

野村さんは驚いたような顔で言った。

改装自由って言ってたけど、さすがにやりすぎだったか。ちょっとあせった。

「まあ、悪くない。うん、いいよ、この家も喜んでるだろ」

野村さんが柱をぽんぽんと叩く。

「あとは畳か……。畳屋さん、紹介してやろうか」

和室をながめて、野村さんが訊いた。

「いえ、畳は取り払って、板の間にしようと思うんです。それで、木材を探してて。台所と似たのがいいなあと思ってるんですけど、なかなかなくて」

「なるほどねえ。そりゃ、このへんのホームセンターじゃ手に入らないだろうなあ」

野村さんは家のなかをぐるっと見まわした。

「わかった。じゃあ、ちょっと、明日、店の方に来てよ」

「店に？」

なんの用だろう。木材を買える場所を紹介してくれるのだろうか。野村さんはなにも答えず、にこにこと鼻歌を歌いながら帰っていった。

次の日テルミー不動産に行くと、野球帽をかぶった野村さんと同じくらいの人が来ていた。野村さんの古くからの知り合いで、藤田工務店というところの社長らしい。

「じゃあ、とりあえず見てみるか」

藤田さんが立ちあがり、なぜかいっしょに店の外に出た。

藤田さんの名前は源三さんというらしく、ふたりはお互いを、ノムさん、ゲンさん、と呼び合っていた。

ふたりはどんどん歩いてわたしの家まで行き、なかにはいると、手早くあちこちを測り、ほんじゃあ、あれにするか、などと言って、出て行こうとした。

「あの」

うしろ姿に話しかける。ふたりはゆっくりふりかえった。

「それで、どうなるんでしょう?」

おそるおそる訊く。

「ああ、床はね、まかしときなよ。今日はフウリちゃんは休んで」

藤田さんはがはは、と笑って出て行った。

フウリ、ちゃん……? そんなふうに呼ばれたのは子どものとき以来だ。しかも今日会ったばかりのおじさんに……?

ぽかんとしていると、野村さんが、ゲンさんにまかせておけば大丈夫だから、今日はもう帰って休みなさい、と言う。そう言われても、と思ったが、そろそろいまの家の荷作りもしなければならない。よくわからないままマンションに戻り、夜まで荷物の整理をした。

次の日、わたしが家に着いたときには、藤田工務店のトラックが家の前にとまっていた。作業服を着た人たちがどんどん木材を降ろしている。ええっ、と思ったが、野村さんに、いいからいいから、大丈夫大丈夫、と押しきられてしまった。

それから、藤田さんと野村さんの手で、木材が床に敷き詰められた。台所の床もあっという間に剥がされ、同じ木材が張られた。

きれいな木材で、天然木と言っていたから、けっこう高いのかもしれない、とおびえたが、藤田さんが提示した額は拍子抜けするほど安かった。余ってた木材だからかまわないよ、と言う。

そうして、次の日からも夕方になると、ときどき野村さんか藤田さんがやってきて、台所の水回りの補修の仕方、タイルの貼り方、窓の目張りだのを教えてくれ、もの入れのなかも修理してくれた。

藤田さんはいつも材料代しか請求しなかった。ふたりがそろうとお互いに嫌味の言い合いをしたりしてうるさかったが、それを聞いているのがなぜか楽しかった。いつのまにかわたしも、心のなかでは彼らをノムさん、ゲンさんと呼んでいた。

「もうかれこれ三十年以上前のことだけどね、ノムさんは新婚時代、この家に住んでたんだよ」

ノムさんがいない日、ゲンさんがぽつんとつぶやいた。

「えっ、そうだったんですか？」

はじめて聞く話で、驚いた。

「うん。だからさ、ノムさんはこの家にそれなりに思い入れがあるわけよ」

ゲンさんはそう言った。だからだったのか。だからこんなふうによくしてくれたのか。ノムさんの笑顔が頭に浮かぶ。

「ノムさんは、あんたのこと、なんか気に入ったんだと思うよ。ここ借りるときだって、大家さんにはノムさんのとこでバイトしてるってことにしたみたいだし」

嘘、と思った。そんな話は聞いてなかった。

「この話、ノムさんには内緒な。あんたには秘密にしとくって約束だったから」

ゲンさんはにまっと笑った。


そうして、あたらしい家は完成した。前の家の契約が切れるぎりぎりだった。

九月の終わり、それまで住んでいたマンションを引き払い、荷物を運んだ。

その日の夕方、あたらしい家でノムさんとゲンさんに料理とお酒をふるまった。ふたりは上機嫌で、縁側に座って家のなかを見まわし、いい家になったなあ、と笑った。

「ありがとうございました。わたしひとりではどうにもなりませんでした。おかげさまでなんとか……」

深く頭をさげる。

「まあ、いいからいいから。こっちも楽しかったからさ」

ノムさんが笑う。

「実は少し前に会社辞めちゃって……。この家見つける前は、なんだか死にたいような気分だったんです」

「ああ、なんだかそんな顔だったねえ」

ノムさんはお酒を飲みながら言った。

「もう一生このままダメなんじゃないか、って」

なぜか急に気持ちがゆるんで、これまでだれにも言わなかった弱音を口にしていた。

「ダメとかなんとかいうのも、驕《おご》りだと思うよ。まあ、それも若いうちの特権だけどさ。年取って、だんだん自分の限界がわかってきても、人間ってそれでも生きてようって思うんだよ、いじましいけどね」

ゲンさんが言った。

「まあ、生まれたからには、少なくとも、生きてることは許されてるってことじゃないの」

ノムさんが赤い顔でつぶやく。わたしは、じっと黙った。

ノムさんもゲンさんもちょっと黙って、わたしのグラスにはいった氷だけがちりんと言った。開けておいた窓から、風がすうっとはいった。

「とにかくさ、ちょっとのんびりして、ゆっくり次の職、探しなよ。ああしなきゃ、こうしなきゃ、なんて思わずに、自分のやりたいことだけやってれば、そのうちいいこともあるよ。無理して手に入れたものなんて、どうせ手元に残らないんだから」

ノムさんがにっこり笑って、この話は終わりになった。それからしばらく歌ったり騒いだりして、ふたりは夜遅く帰っていった。


さやさやと風が吹く。わたしは原っぱに立っている。木々の緑から日の光が漏れて、身体に影が映っている。

ふと前を見ると、原っぱに座っている人がいる。制服を着た長い髪の女の子だ。高校生？　いや中学生だろうか。

突然、その人がこちらを向く。青白い頰。そして、びっくりするくらい大きな鳶色《とびいろ》の瞳。

なぜか、その顔に見覚えがあるような気がする。どこかで会ったことがある。それがどこだか思い出せないけど……。

彼女が立ちあがり、歩き出す。

どこに行くのか気になって、わたしもあとを追った。緑がだんだん深くなり、濃い茂みになる。ぱっと目の前が開けた。小さな池があった。とろんと深い色の、まん丸い瞳のような池。風がさああっと吹いて、木々や草たちの葉がいっせいにざわざわ揺れる。見あげると、鬱蒼とした木々の枝が泉のうえだけ丸くあいていた。

空への出口だ……。

目を閉じる。身体のなかに通路があるのを感じる。そう、細い通路が何本も。ぱさぱさだった身体に、少しずつ水が染みてくる。もう一度深呼吸して、目を開けた。

目の前に光が満ちていた。あたらしい家の天井が目の前にあった。

久しぶりに、夢、見た……。

ずっと夢を見ていなかった。いつごろからだろう？　ずっと、なんの夢も見ていなかった。影がなくなっちゃったみたいに。

掃き出し窓を開ける。庭と公園の緑が目にとびこんできた。

うーんと伸びをした。身体のすみずみまでなにかが満ちている。

あの子、だれだったんだろう？　夢のなかでは、どこかで見たことがある気がした。だけど、いまとなってはどんな顔だったかも思い出せない。見たことがあると思ったこと自体、夢のなかの感覚だったのかもしれない。

わたしはふらふらと外に出た。

二ノ池公園を歩いていると、公園にもうひとつ出入口があることに気づいた。二ノ池駅側の表口でも、うちの側にある東口でもなく、西口というのが。反対だったのでいままで来たことがなかったのだ。

外に出るとすぐ前に、応来大学付属三ノ池植物園と書かれた門があった。門の横にチケット売り場がある。どうやら二ノ池公園とちがって有料の施設らしい。

三百円のチケットを買って、なかにはいる。急にしずかになった。有料のせいか、二ノ池公園とちがって人が少ない。

進むにつれて、緑がどんどん濃くなってくる。鬱蒼としていて、下草も多様に重なり合い、林というより、森みたいだ。

チケットといっしょに渡されたパンフレットを開いた。三ノ池植物園は、薬草園として江戸時代からの歴史があり、いまは応来大学の付属施設で、研究、希少植物の保護という役割も持っている、と書かれていた。

となりにある二ノ池公園とは、地形の成りたち的に双子のようなものらしい。ふたつともなかに池があり、二ノ池公園のは二ノ池、三ノ池植物園のは三ノ池。そもそも園の名前は池の名前に由来したもののようだ。

ふたつとも湧水《ゆうすい》でできたもので、水位がいつもいっしょなので、地下でつながっているのではないか、という説もあるらしかった。

裏の地図を見ると、植物園の池は、二ノ池よりかなり小さいようだった。二ノ池公園は、池がメインでまわりを囲むように遊歩道があるという感じだが、こちらは森のなかの小さな泉、といったところか。

泉……？

なんだか妙な予感にとらわれる。

今朝見た夢に出てきた池が頭に浮かぶ。とろんと深い色の、まん丸い池。地図に描かれた三ノ池もまん丸だ。

池に向かって少し早足になった。

そして、突然目の前が開けた。

「あ」

思わず小さく叫んだ。あの池だった。夢で見た、あの池。緑に囲まれた、丸い池。

こんなことって……。

立ち尽くした。日の光で、泉も木の葉もきらきら光っている。

水際の石に座る。湿った土の匂いがした。大きく息を吸った。

なつかしい。なつかしい。この匂い、この空気。

しげっているたくさんの植物たちの形を見つめた。

なんてたくさんの形があるんだろう。池のうえに広がる睡蓮《すいれん》。石のうえの苔。風に揺れる照葉樹の葉。その下で葉を広げる笹やシダ。

シダがこんなにきれいだなんて知らなかった。産毛を抱いて、くるくると巻いて出てくる新芽。これがしだいにのび、開いてゆくのか。

指をのばして、繊細なレースのような葉に触れる。

そのとき、指先がむずむずした。

そうだ、刺繍。刺繍をしよう、と思った。

植物園を出て、駅前の手芸店に走った。

店にはいると、くらくらするような量の材料が目に飛びこんできた。だが、わたしが買うものはもう決まっていた。目の詰まった麻と、モスグリーンがかったベージュの刺繍糸。手に取ったとたんなつかしくて、急いで家に帰った。

もの入れにしまった段ボール箱から刺繍道具を取り出す。できるかな、とちょっと不安になったが、針に糸を通すと、すぐにむかしの勘がもどってきた。針を動かすのが楽しくてたまらなかった。

下絵は描かず、頭に思い描いた姿をそのまま針と糸で再現していく。むかしからそうだった。植物の細かい形を調べるのに図鑑を見ることはあるが、今回はそれもいらなかった。泉のまわりの植物たちの姿がしっかりと頭に焼きついている。

壁の前にぺたんと座り、窓の外の空と雲を見あげながら、ちくちく針を動かした。指先から世界が開かれていく。白い布のうえに、あの葉っぱたちの世界が広がっていった。ひらひらと光のなかで揺れている、たくさんの葉たち。くるくる巻く蔓たち。土の匂い、草の匂い。土のなかから吸いあげられ、空に帰って行く水。

池の上にぽっかりあいた空を思い出す。

空への出口だ……。

木々の丸い隙間から空を見あげる。子どものころは、よくこうやって何時間も空を見ていた。草や花を摘んで、それを揺らしながら空の下を歩いた。どこまでもどこまでも、歩いていけると思っていた。

その一歩一歩がステッチになって、布のうえに刻みつけられていく。葉っぱや茎の形になって。わたしが布のうえを歩いていた。


最後のひと針を縫い止める。

外があかるくなっていた。どうやら徹夜してしまったらしい。

立ちあがって、掃き出し窓に近づいた。窓をあけ、布を日にさらす。糸がきらきらと光って、真っ白な布のうえにあの風景が再現されていた。

布をぎゅっと抱きしめる。

帰ってきたんだ、わたしのところに、わたしの身体が。

目を閉じて深呼吸して、もう一度目を開いた。

ふと足下の鉢が目にはいった。会社から持って来たテッセンの鉢だ。どうしても捨てられず、あのままこの家まで連れてきたのだった。

この前までと、なんかちがう。しゃがみこみ、テッセンをじっと見つめる。

あっ、と思った。芽が出ていた。新しい蔓の芽が。

枯れてなかった。
うれしくなって、部屋のなかを見まわした。
窓から日射しがはいって、空への出口を照らしていた。

2　眠る草原

「アルバイト募集。植物標本整理の仕事。三ノ池植物園研究棟標本室勤務。週四日、九時から五時まで。未経験者可。手作業の得意な方歓迎」

買い物がてら散歩をしていたとき、三ノ池植物園の門の前に、そんな貼り紙が出ているのを見つけた。引っ越しが終わってから一ヶ月以上たち、もう十一月。荷物も片づき、そろそろ本気で次の仕事を探さなければ、と思っていたところだった。

植物園で働く。なんて魅力的な……。しかも徒歩で通える。植物の標本なんて見たこともないが、手作業ならいくらか自信がある。家賃も安いし、いまのところバイトでもなんとかやっていける気がする。そう思って面接を受けてみることにした。

貼り紙の下に書かれた番号に電話した。のんびりした女性が出て、バイトに応募したいと告げると、すぐに電話をまわされた。

「バイト希望の方ですか？　よかった、助かったわ。すぐに面接に来てくれる？」

次に出た女性は早口で言った。

「はい、大丈夫です」

圧《お》され気味に答える。

「じゃあ、明日。明日の午後一時はどう？」

間髪を入れず、返ってくる。予定なんてなかったし、大丈夫です、とまた答えた。

「そしたら、研究棟まで来てくれる？　植物園ははいったことあるのよね？　入口はいってすぐの白い建物が研究棟だから」

「は、はい」

そういえば白い建物があったな。古い洋館だ。あれが研究棟なのか。ちょっと意外だった。研究棟というからもっと近代的な鉄筋の建物なのかと思っていた。

「じゃあ、明日ね。入口はいったら近くにいる人に声かけて。わたしは苫淑子。苫教授、っていえば、だれでもわかるから。あ、入館料は払わなくていいわよ。守衛さんに苫教授のところに面接に来ました、って言ってはいってね」

そう言うと、電話は切れた。

忙しそうな人だな。教授って言ってたけど、どんな人なんだろう。

植物園の入口からちらりと白い建物が見える。あそこで働く。悪くない。少しうきうきした気分で家に戻った。

翌日の一時少し前、約束通り植物園の研究棟に向かった。苦教授に言われた通り守衛さんにあいさつすると、どうぞどうぞ、とのんびりした笑みを返された。

研究棟の入口のドアを開く。植物園には何度もきていたが、一般の客は立ち入り禁止なので、ここにはいったのははじめてだった。なかの床も壁も白っぽい石でできている。大正か昭和初期に建てられたような洋館で、階段の手すりにはきれいな細工が施されていた。

だが、古い。こんなところでほんとに研究が行われているんだろうか。ぼんやりあたりを見まわしていると、エプロンをかけたおばさんがやってきた。

「すみません、苦教授と約束が……」

「あら、アルバイト応募の方？　じゃあ、こっちよ」

おばさんはおっとりと答え、廊下を歩いていく。

「苦先生、バイトの面接の方がいらっしゃいましたよ」

大きな部屋の入口で、なかに声をかけた。

「あ、はーい、じゃあ、はいってもらって」

電話のときと同じ声が返ってくる。

「じゃあ、先生、このなかにいますから。がんばってね」

おばさんはにこっと笑って去っていった。お辞儀をして、部屋にはいった。

「失礼します」

女性がひとり、書類がたくさん積まれた大机の前にしゃがみこんでいる。ああ、ここでもない、とつぶやいているところを見ると、なにか探しているらしい。

「あ、ごめんなさい。早速来てくれてありがとう。えーと、ちょっとそこに座って待ってて。ああっ、あった。こんなとこに隠れてたんだ」

書類の山から紙を一枚引っ張り出し、机の上に置く。

「ごめんなさい、待たせちゃって。はじめまして、わたしが苫です」

苫教授がわたしの近くにやって来て言った。年齢はよくわからない。背が高く、身振り手振りの大きい、パワフルな感じの人だった。

「はじめまして。大島風里です。ええと、履歴書は……」

カバンから履歴書を引っ張り出し、苫教授に手渡す。教授は眼鏡をかけ、履歴書を見る。ざっと目を通すと、すぐに仕事の説明をはじめた。

ここ三ノ池植物園は応来大学理学部の付属施設で、研究棟には応来大学理学部生物科の植物系統進化学という研究室がはいっているのだそうだ。苦教授はこの研究室の長であり、植物園の園長も兼務しているらしい。

わたしの仕事は苦教授のアシスタントで、おもに植物の標本作りと整理。標本といっても、要は大きな押し花みたいなもので、専門的な技術は必要ないから、と教授は言った。

わたしのことも訊かれた。この近くに住んでいて、植物園にはよく来ていること。植物の刺繡をするのが好きなこと。訊かれるままあれこれ話すと、教授は、うんうん、と大きくうなずき、ノートになにかメモしている。

「だいたいわかったわ。じゃあ、まず標本室に案内するわね」

教授がノートをぱたんと閉じ、立ちあがった。

「作業に使う部屋なんだけどね、最近使ってなかったから、ちょっと荒れてるのよ。で、とりあえず、今日は軽く掃除して、部屋を整える、ってことで。まあ半日あればなんとかなると思うんだけど」

「今日？　あの、じゃあ、面接は……」

採用になった、ということなのか？

「あ、採用です。これからよろしくお願いしますね。じゃ、行きましょう」

教授はさっさと部屋を出て行こうとしている。面接が始まって十分も経ってない。採用？　たいしたことは話していない気がするが、まあ、よかったのか。少し不安になりながらあわてて教授のあとを追った。


「ここです」

さっきの入口から反対側に少し進む。教授が立ち止まり、古い木の扉を開けた。目の前に廃墟が広がっていた。どこもかしこも埃だらけ。書類の山に、古い機械。ちょっと帰りたくなった。

「ここ……ですか？」

「ほんの三年前までは、前に勤めていた人がきれいにしてくれてたんだけどなあ」

教授が首をかしげる。

「えーと、このへんにあるいろいろな機械はどうするんでしょう？　この部屋のなかに整理するのか、どこかに運ぶのか……」

この部屋をどうしたら使えるようにできるんだ？　頭がくらくらした。近くにあるものの山の下にはちらりと机の脚のようなものが見えるが、天板はまったく見えない。

「そうねえ。うーん……。たいへんそうだから、手伝ってもらおっか。ちょっと助っ人を呼んでくるわね」

教授はばたばたと部屋を出て行った。

教授が連れて来たのは、白衣を着た若い女性だった。すっきりした細面に眼鏡をかけ、ストレートの長い髪をうしろでひとつに束ねている。化粧っけはないが、肌が白くてきれいだった。佐伯《さえき》小菊《こぎく》さんといって、ここの修士一年生らしい。

「全部捨てましょう」

ぽんこつの山を見るなり、彼女はクールな声で言い切った。

「捨てる?」

教授がぎょっとした顔になる。

「このぽんこつたちをなんとかしないと、場所もできないじゃないですか。それに、もうこんなの使いませんよ」

「でも、この圧力釜とか……。まだ使えるけど」

教授は惜しそうに言った。

「いまどき、だれが滅菌に圧力釜を使うんです? 昭和は終わって久しいんですよ。これもこれもこれも……」

彼女は機械をひとつずつ指して、苦教授に言った。

「そうねえ、もう使わないかな、ほとんど」

「どれか使うんですか」

佐伯さんがじっと教授を見る。

「そうねえ」

教授はあたりを見まわした。

「おおむね……全部使わないかも」

「じゃ、捨てましょう」

佐伯さんはうれしそうに微笑む。力強い……。白衣の袖をまくり、細かい機械をどんどん袋に詰めていっている。

「まあ、しょうがないか。じゃあ、この書類だけはわたしの部屋に運ぶ」

「それはもともと苦教授のじゃないですか。当然部屋に持っていってくださいよ」

「わかりました……」

教授はしょんぼり言って、のろのろと書類をまとめはじめた。これはこっちで、とか、なんでこれがここにあるのよ、とか、ぶつぶつつぶやきながら、書類を束ねたりほぐしたりしているが、どうも効率がいいように見えない。

大袈裟《おおげさ》に紐をぐるぐるかけていたかと思うと、ものをばたばた落としたり、うめき声をあげたり、たいして作業が進んでいないのに、騒がしいことこのうえない。

「あの、そろそろ会議があるんだけど、あとはおまかせしていいかしら……？」

書類をおおかた運び終わると、教授はおずおずとそう言った。

「もちろんですよ。じゃあ、あとここに残ってるものは捨てていいんですね」

「捨て方だけ気をつけてくれれば……。あの、つまり、燃えるとか燃えないとか」

「もちろん、わかってます」

「あ、そうだよね。じゃ、よろしくお願いします、小菊ちゃん」

教授は小声で言って、するすると逃げるように部屋を出て行った。

「まったくなあ。結局わたしがやることになるんじゃないかと思ってましたよ」

教授がいなくなると、小菊ちゃんと呼ばれた彼女は苦笑した。

「大島さんももう行かれたと思うんですけど、一階にある大きな部屋、教授の書類で大混乱状態だったでしょう？」

「ええ。あそこが教授の部屋なんですか？」

「ちがうんですよ。あそこは大部屋って言って、ほんとは研究棟の人みんなの休憩スペースなんです。なのに、苦教授はあそこが妙に気に入ってて、すぐに占領しちゃうんですよ」

小菊ちゃんが呆れたように言う。

「教授の部屋はないんですか？」

「もちろんありますよ！　でも、わたしの机はすでにものが積みあがってるんだから仕方ない、それに寒いのよ、って。じゃあ、暖房買ってください、って言ったら、そういう問題じゃない、ひとりぼっちの部屋ってなんか寒々しくて、って。しかも、考えごとをしながらぶつぶつひとりごとは言うし……」

相当癖のある人みたいだ。この小菊ちゃんくらい力強く対応しないとやっていけないのかもしれない。

「家はどうなってるのかと思って訊いてみたんですけど、同じみたいですね。テーブルに論文を積みあげたまま食事にしようとしては、高校生の息子に叱られてる、って。まあ、忙しすぎるんですよね。ほんと、会議やらなにやらで殺人的ですから……。さて、とにかくやっちゃいましょうか」

小菊ちゃんがため息をつく。

果てしなく思えた掃除も、日が暮れるころには終わりが見えて来た。ぽんこつ機械たちを園内のゴミ置き場に出し、机のうえのものを整理し、部屋のなかを掃いたり拭いたりしたら、見ちがえるようになった。

夜、久しぶりに実家に電話した。前の会社を辞めたときに電話して以来かもしれない。植物園でバイトすることになったと告げると、母は、よかったじゃないの、と言った。

「植物園、いいんじゃない？　会社じゃないのもいいし、同僚や上司が少なそうだし。細かい作業っていうのも、風里に合ってる気がする」

「そうかな？」

実際には妙に癖の強い人が多そうだし、細かい仕事というより力仕事という感じだったが……。

「あなたって、変に気をまわしすぎるところがあるから。わたしはこう思うけどあの人はこう思ってるだろうからどうしよう、みたいな感じで。会社みたいなとこでそれは、疲れるわよ」

たしかに思いあたる節はあった。

「しばらくはバイトでもいいんじゃない？　生活できるんだったら。どうなってるか、ってお父さんなんかすごく心配して、こっそり風里の家、見に行こうとしてたのよ」

「嘘？」

あの父が？

「みっともないからやめなさいって言ったら、なんか不機嫌になっちゃって。お父さんって、あなたが思ってるより、なんていうのかな、繊細？　ちがうわね、えーと、こういうのなんていうんだっけ？　まあ、なんか、いろいろ考えてるのよ」

「お母さんは心配じゃなかったの？」

「わたしはまあ、なんとなく今回は大丈夫かな、と」

「なんで？」

「さあ。勘、かな」

暢気《のんき》というか能天気というか、母お得意のいいかげんな答えが返って来た。

「とにかく、落ち着いたら一度帰ってらっしゃいよ。もうすぐお正月だしね」

母はのんびりとそう言った。

「今日はこの作業をお願いしたいの」

月曜の朝、苫教授は標本室の床を埋め尽くしているポリ袋を指した。掃除をしたのは木曜日。週末のあいだ、苫教授たちはどこかに調査に行っていたらしい。

「袋にはいってる植物をひとつずつ出して、新聞紙にはさんでいってほしいのね」

そう言いながらいちばん近くのポリ袋から植物をひとつ取り出し、半分に折った新聞紙の上に置いた。

「ついている土とか、虫、卵、ゴミなんかを取り除いて、大きく広げて紙にはさむ。根っこがついているときはそれもつけたままにして、そうそう、根っこはあんまり汚れてたら水洗いしてね。植物が大きいときは、折り曲げてもいいわ」

説明しながら、植物を広げ、はさみこむ。

「今回はシダが多いの。シダの場合、大事なのは胞子。できるだけ落とさないようにね。もし落ちちゃったら、それも捨てないで、いっしょに新聞紙にはさんでおくこと。それと、植物に紐でくくりつけられてるメモも忘れずにいっしょにはさんで。大事な情報が書かれてるから」

「わかりました」

「こうやってはさんだら、水分を吸収するために、別の新聞紙を五枚くらい重ねてあいだに入れる。はさみ紙、吸水紙、はさみ紙、吸水紙、って重ねて束にして」

教授は部屋の隅に重ねられたベニヤ板を指した。

「で、あのベニヤにはさんで、紐でしばって終了。ひとつの採集地につきひとつのポリ袋になってるから、束はポリ袋ごとにしといてね。ほんとはここまでは採集地でその日のうちにやってくるんだけど、今回はばたばたしてたから……。じゃ、大島さん、やってみて」

「あ、は、はい」

さっきの教授の作業を真似して、次の植物を広げて新聞にはさみこむ。

「あ、葉っぱは一枚ずつちゃんとのばして」

「この小さいの一枚ずつですか?」

葉を指しながらわたしは訊いた。

「あ、そうじゃなくて。葉っぱはこれ全部で一枚」

教授は葉っぱ全体を指で丸く囲んだ。

「こうやって巻いて出てくるじゃない?」

教授が両手を丸めてわけのわからないジェスチャーをした。どうやらシダの芽が巻いている様子らしい。ワラビやゼンマイの芽を思い出して、なるほど、と思った。

「それ全体、根元から一枚の葉っぱなの。茎みたいのが葉脈で、一枚の葉が細かく裂けてるだけ。ほら、ヤツデとか、カエデなんかも一枚の葉っぱが何本かにわかれてるでしょ?」

「なるほど」

知らなかった。単純なことなのに、なんだか驚いてしまった。

「まあ、被子植物とシダだと、葉の成り立ちが全然ちがうんだけど……」

教授はぶつぶつつぶやいている。それを聞きながら葉をのばし、紙にはさんだ。

「うん、上出来上出来。ていねいだし、言うことなし。あとは、スピードアップね。これ、全部今日じゅうにはさまないと、サンプルがしおれちゃうから」

これ全部……? 山のようなポリ袋を見て、ちょっと不安になる。

「で、最後に紐がけ。束ができたら両側をこのベニヤではさんで、紐で縛る。あとで重しをかけるから、軽く縛るだけでいいわよ」

「わかりました」

「あとはひとりでできる?」

「はい、大丈夫だと思います」

ほんとうはちょっと自信がなかったが、圧《お》されてそう答えていた。

「じゃ、これから本校で会議があるから行くわね。またあとで来るから」

教授はそう言うと、あわただしく標本室を出て行った。

薄暗い標本室で植物を広げ、紙にはさむ。作業を続けながら、もしかして急いで採用されたのはこの仕事のためかもしれない、と気づいた。

だけど、この作業、きらいじゃない。知らない植物の形をじっくり見ることができて、いろいろ発見もあった。

作業は夜までかかった。最後の植物をはさんだとき、苫教授がやってきた。

「いま全部はさみ終わったところです」

「おおー、すごい。ちょっと手伝わないとダメかなと思って来たんだけど」

教授ははさんだばかりの新聞をぺらっとめくった。

「うん、上出来、上出来。ばっちりよ。で、最後に重しをかけるんだけど……」

「重しですか？」

わたしは最後の束に紐をかけながら訊いた。

「こっちよ」

苫教授は、部屋の隅にある小さな扉を開けた。階段があって、おりていくと、半地下に小さな部屋があった。そこに無数の新聞紙の束があった。わたしが作業したのと同じように、ベニヤではさまれている。

「ここが乾燥室。じゃあ、束をこのあたりに重ねて置いてね。それから、こうして重しを載せる。で、一日に一度、吸水用の新聞紙を取り替え、縛り直す。吸水紙はそのまま干して、再利用。そのまま一、二週間乾燥させる。完全に水気がなくなったら終了、と」

「わかりました」

「あしたからは、吸水紙を替えるだけだから、一、二時間あれば十分でしょう。そのあとは、乾燥し終わった植物を貼る作業を少しずつ進めてほしいの」

「乾燥し終わった植物？」

「これ」

苦教授は、無数の束を指して言った。

「これ全部ですか？」

薄暗い部屋のなかを見まわす。いったいどれくらいの植物がここで眠っているのだろう。なんだか気が遠くなった。

「そうそう。調査から帰ってくると、会議と授業がぎっしり詰まってて、作業をする時間がなくって。いつのまにこんなにたまっちゃったのかしら。不思議よねえ」

自分でためたはずなのに、苦教授は他人事のように首をひねった。

わたしの仕事は苦教授の個人的なアシスタントだし、ほぼ一日じゅう標本室にこもっているため、教授と小菊ちゃん以外とはあまり接することはない。だが、研究棟のスタッフの顔はだいたいわかるようになった。

事務のおばさんに、園内の植物の世話をする育成課の人々。教授のもとで研究している准教授、助手、ポスドクと院生。みなほがらかで和気あいあいとした雰囲気だった。

一ヶ月もたつと、標本を貼る作業にもだんだん慣れて来た。

植物はひとつずつ厚紙のうえに広げて固定する。はずして観察することもあるので、あまりたくさんテープを貼ってもいけないが、固定が甘いとずれて標本が壊れやすくなる。茎のしっかりしたところを留めるのがコツらしい。

シダの場合は、胞子が見えるように裏側をうえにして留める。セロテープだとあとで変色して粘着力もなくなってしまうので、細く切った紙にのりづけして貼る。細かい部分が外れてしまったら、小袋に入れて台紙に貼る。

細かい作業だが、手を動かしているうちにだんだん集中して、ほかのことをなにも考えなくなる。時間がたつのを忘れてしまう。刺繍とどこか似ていた。

十二月なかばのこと、午後、少し疲れて廊下に出ると、大部屋からにぎやかな声がした。

なかをのぞくと、入口近くにいた男の人がふりかえった。見たことのない人だった。

「なにか？」

「いえ、ただにぎやかだったので。ところで、あなたは？」

「あ、クサカです。イラストレーターで、今度苫教授と……」

「あら、大島さん」

そのとき苫教授の声がした。見ると、教授のとなりにも知らない女性が座っている。

「まあ、はいってはいって。ちょっと休んだら？　えーと、こちらはナミキさんって言って、編集者さん」

となりの女性を指す。背が低く、ショートカットでまん丸眼鏡に、男性的なパンツスーツ。一度見たら忘れられない風貌だ。

「こんにちは。わたくし、ナミキマホロ、と申します」

頭のてっぺんから出ているような声で言って、すっと名刺を差し出した。名刺には、「水明社『植物の世界』編集部　並木まほろ」と書かれている。

苫教授は月刊「植物の世界」の監修をしていて、来年のはじめから巻頭エッセイを連載するらしい。彼女は「植物の世界」の編集者で、苫教授の担当なのだそうだ。

「と、いうわけで、これからはちょくちょく植物園にお邪魔することになると思います。オミシリオキくださいませ」

並木さんが眼鏡の縁をくいっとあげる。

「で、こちらはイラストレーターのクサカくん。苫教授のエッセイにイラストを描いてもらうことになってます」

並木さんがさっきの男の人を指した。彼はちょっと苦笑しながら、名刺を差し出した。日下奏《くさかそう》という名前で、肩書きに科学系イラストレーターとある。植物だけではなく、生物一般のイラストを描いているらしい。

「こちらは大島さん。先月から標本整理のバイトをしてくれてる」

苫教授がわたしを指して言った。

「大島風里です」

「フウリさん？　変わったお名前ですね」

並木さんが首をひねる。

「風の里って書くんです。生まれたのが風の強い日だったらしくて」

「風の里……。なるほどうつくしいお名前ですね」

並木さんは目を閉じてうっとりした。

「あ、ありがとうございます。あの、じゃあ、わたしはこれで……」

そろそろとうしろ足で部屋の外に出る。

なんだか、迫力のある人だった……。標本室に戻りながら、そう思った。


年末、仕事納めの前日、昼休みに大部屋に行くと、苫教授が荷物を持って部屋を出ようとしているところだった。

「あ、大島さん、ごめんなさい、急用ができて、ちょっとだけ早く実家に帰ることになったの。よいお年をね」

苫教授はそれだけ言うと、ばたばたと部屋を出て行った。

「なにかあったんですか？」

近くにいた小菊ちゃんに訊いた。

「ええ。お祖母さまが亡くなったみたいです」

「お祖母さまが？」

「前触れもなく突然だったとか。さっき電話があって」

「そうだったんですか」

今年の春、うちも祖母が死んだ。そのときのことを思い出した。わたしが小さいころは母もまだ教師をしていたから、わたしは半分くらい祖母に育てられたようなものだった。

お葬式がすんで落ち着いてから、祖母が住んでいたときのままの形で見られるのはこれが最後かもしれないと思って、家を見に行った。

簞笥《たんす》、ちゃぶ台、小さいテレビ。小さいころ犬好きだったわたしのために貼った、子犬のポスター。ながめていると、急に、祖母はもういないんだなあ、と思った。お通夜でも、お葬式でもそんなこと感じなかったのに。

あのときはなんだか自分の一部がなくなったみたいだった。

「もう九十すぎで大往生だから、っておっしゃってましたけど……」

小菊ちゃんがぼんやり言った。

年内の仕事を終え、久しぶりに実家に帰った。バイトをはじめていたので、父は上機嫌とは言わないまでも文句は言わず、弟も帰って来て、それなりに平穏に年を越した。

新年の二日、母方の親戚の新年会に出た。祖父は数年前に亡くなり祖母も亡くなったので、母と伯父でどうしようかと相談していたが、さびしいからやっぱりなにかやろうということになったらしい。

母は伯父とふたり兄妹で、伯父のところに、三人のいとこがいる。うえのふたりはもう結婚して家族連れだった。

「なんだかこの会、どんどんにぎやかになってきたねえ。子どもってさあ、みんなこんなに騒がしいもんなの？」

弟は途中までいとこの子どもたちの相手をして遊んでいたが、途中で疲れ果てたのか、あきれたような、感心したような声で言った。

「あんたたちもめちゃくちゃ騒がしかったわよ」

母が言った。

「いたたっ」

叫び声がした。いちばん上のいとこだった。胸に去年生まれた赤ちゃんを抱いている。

「どうしたの？」

あわてて訊く。

「おっぱいあげてたら噛《か》まれた」

いとこが苦笑いした。

「大丈夫？」

「うん。もう慣れたし」

ははは、と声をあげて笑った。見ると赤ちゃんはもうすやすや眠っている。

「痛いのよねえ、あれ」

母が横から言った。

「噛むもんなの？」

「歯が早く生えちゃうとね」

母が笑った。歯の生える時期には個人差があって、生まれて数ヶ月で生えてくる子もいれば、一歳ぐらいまで生えない子もいるらしい。

「あんたたちもよく噛んだわよ」

母に言われ、なんだか申し訳ない気持ちになった。

「やっぱり集まってよかったなあ」

みんなで思い出話をしている最中、伯父が母にぼんやり言うのが聞こえた。

正月明け、植物園に行くと、苦教授はいつもと変わらない様子だった。

夕方大部屋に行くと、また並木さんたちが来ていた。苦教授と小菊ちゃんもいて、みんなでお茶していたらしい。

「あ、大島さん、お茶でもいかが？」

苦教授が言った。

「ありがとうございます。いただきます」

大机の端の椅子に座る。

「それにしても、苦教授、年末はたいへんでしたね、お祖母《ばあ》さまが……」

並木さんが言った。

「ええ。お正月になっちゃうし、身内だけだから、ってこともあって、年内にいそいでお葬式までしたのよ。だからばたばたになっちゃって……」

「お話では、突然だったとか？」

「そうなの、前日まではいつも通りだったらしいのよ。わたしも、一週間くらい前だったかな、電話で話したけど、ふだんと変わらなかった。それが、あの日の午前中に母から電話があったの、様子がおかしいって」

その日は年末の買い物に近所の人と出かける予定だったらしい。が、その人が約束の時間に訪ねると、だれも出ない。電話をしても出ない。内側から鍵がかかっている。なかでなにかあったのでは、と心配になり、苫教授のお母さんに電話した。教授の実家からお祖母さんの家までは車で二十分。駆けつけて鍵をあけたが、チェーンがかかっていてはいれない。警察を呼んで、チェーンを切ってもらった。お祖母さんは、布団のなかにいた。眠るように亡くなっていた。台所には、前日使ったらしい食器が洗ってふせられていた。たぶんいつものように食事をして、いつものように床につき、そしてそのまま亡くなったんだろうという話だった。

「苦しんで倒れて、助けも呼べない、なんてことになってたらどうしよう、って、母も気が気じゃなかったみたい。夜のうちに亡くなってたってわかって、ほっとしたって」

「ご自宅で眠るように……ある意味、理想的な亡くなり方かもしれませんわね」

「お正月をむかえられなかったのは残念だけど、いつものように寝て、そのまま目覚めないって、それはそれでしあわせよね」

「ひとり暮らしだったんですか」

小菊ちゃんが訊いた。

「そう。祖父はもうずいぶん前に亡くなって。母や伯父たちもうちに来れば、って誘ったらしいんだけど。鉢があるからここを離れられないって……」

「鉢、ですか……？」

並木さんが首をひねる。

「ええ、祖母は、趣味で変化朝顔を育ててたのよ」

「変化朝顔って、変わり咲き朝顔ですか？　江戸時代に流行して、花形の多様性で世界的に有名だっていう……」

小菊ちゃんが言った。

「そうそう。メンデル以前から遺伝の法則を使ってたっていうのでも有名よね」

「変化の多くは劣性遺伝によるもので、変化の出た株には種ができないことも多い。だから、そのきょうだいたちから種を取ったんですよね」

「前に図譜で見ましたが、すごかった……。江戸時代にはかなり高価だったとか」

並木さんがつぶやく。

「そうらしいわね。サンプルが保存されていたおかげで遺伝子の研究もかなり早くから進んでたのよ」

「あの変異、たしかトランスポゾンが関係してるんですよね。最近論文読みました」

小菊ちゃんが言う。トランスポゾン？　なんだろう？

「ああ、トランスポゾンってね、ゲノムのなかを移動できる遺伝子のこと」

教授がわたしの方を見て言った。小さな塩基配列がゲノムのなかを移動することで、さまざまな変異が起こるらしい。

「ともかく、祖母のそれは趣味の域を越えてたの。すごい数だったし、新しい出物《でもの》を見つけたこともあったみたい。地元の名物にもなってて、わざわざ見に来る人までいたらしいのよ」

「うーん、さすが教授のお祖母さま」

並木さんがうなる。

「わたしも小さいころあれを見ていたから、遺伝のことを考えるようになった気がする。すごかったなあ、あれは。家のなかは散らかりっぱなしだったけど、朝顔だけは妙に几帳面に整理されててね」

「そのあたりも教授そっくりですね」

小菊ちゃんがぼそっとつぶやいた。

「そうそう、アルバムもたくさん出て来て。えーと……」

苫教授は足下のずだ袋のような大きなカバンに手を入れた。なにがはいっているのかわからないが、苫教授はいつもその巨大な袋を持ち歩いている。

「これがそのアルバム。ほら、これも変化朝顔よ」

苦教授が一枚の写真を指す。

「ええーっ、これが朝顔？　ナデシコみたいですね」

日下さんが声をあげた。

「これは采咲牡丹《さいざきぼたん》の系列ね。そう、こんなふうに花びらが細く裂けてるのもあるの」

みんなでアルバムを順番にめくる。変わった形の花がならんでいて、どれも朝顔と思えない。

「あれっ？」

次のアルバムを開けたとき、小菊ちゃんが言った。朝顔ではなく、人の写真が貼られていた。

「あ、これ、記念写真のアルバムだ。まちがえて持ってきちゃった」

「おもしろそう。ちょっと見てもいいですか？」

「別にいいけど……」

旅行の写真。子どもの写真。親戚だろうか、何人かの人が集まっている写真。みんな少し古びて、色が褪《あ》せていた。

「あ、これ、わたし」

高校生だろうか、制服を着た女の子を指して、教授が言った。

「若い～」

小菊ちゃんが歓声をあげる。

「おおお、じゃあ、まさかこれも？」

並木さんが別の写真を指した。小学校高学年くらいの女の子がふたり立っている。ひとりは髪をふたつに分けてきゅっと結び、もうひとりはおかっぱ。ふたりとも真っ黒に日焼けして、素足にサンダルを履いている。

「そうそう、こっちがわたし。こっちはふたつ下のいとこね」

「時代を感じさせますね」

「あ、これは夏休み、親戚みんなで海水浴に行ったときの写真だ。これがわたし。小学校一年か二年くらいだったかな？」

「ご親戚、多いですね」

「そうねえ。母が四人きょうだいで、それぞれに子どもが二、三人いるから、いとこは全部で九人。いまはいとこにもみんな子どもがいて、何人くらいになってるんだろ？　これが去年の新年会のときの写真」

カバンからぺらっと一枚の写真を取り出して、アルバムの隣にならべた。

「うわ、おもしろいなあ、増えてる、って感じですねえ」

日下さんが笑った。

「うーんと、変化朝顔のアルバム、もっと持って来たはずなんだけど……」

苦教授がずだ袋の中に手を突っこみ、がさがさと探る。

「そういえば……。戸棚のなかにこんなものがあったの」

そう言って、袋からなにかを引っ張り出す。

苦教授の手に四角いものが載っていた。みんなで首をかしげる。小さな木の箱だった。立方体に近く、一辺は五センチくらい。

「なにがはいってるんですか？」

「それが、わからないのよ。鍵がかかってて」

「なんでしょう。重くはないですね……」

並木さんが手に取って言う。

軽く振って耳をあてる。

「音もしない」

「高価なものなんてないはずだから、個人的に大事なものだと思うけど……」

苦教授が首をひねった。

「部屋のなか、いろいろ探してみたんだけど、鍵は結局見つからなかったのね。気になって、預かってきちゃった」

「この大きさだと、木の厚みもあるし、かなり小さいものしかはいりませんね」

日下さんが箱をじっと見た。

「なにか記念の品じゃないですか？　指輪とか……」

小菊ちゃんが言った。

「ただ、指輪だったら行事のときにはつけますよね。ご親戚の結婚式とか……。お祖母さまが指輪をされてるのって、見たことありますか？」

並木さんが教授に訊く。

「いつもしていた結婚指輪しか見たことないわねえ。それは亡くなったときもしたままだったし。そもそもそういうものにはあんまり興味のない人だったから」

苫教授が答えた。

「じゃあ、手紙っていうのはどうですか？　写真っていうのもありますよね」

小菊ちゃんが言った。

「それは考えにくいですね。この大きさだと手紙も写真も折り曲げないとはいりませんよ。大事な写真は折り曲げないでしょう？」

並木さんが箱を見た。

「手紙も畳めば紙が傷んでしまうし、文箱とか、もっと平たい箱に入れた方がいい」

「たしかに……」

小菊ちゃんもうなずく。

「じゃあ、朝顔関係のものっていうのは？　種とか」

日下さんが言った。

「種は全部別の棚にはいってたわ。種専門の棚があって、そこに系統ごとに分類されてしまわれてた」

苦教授が答えた。

「じゃあ、いったいなんなんでしょう」

並木さんが首をひねり、みんな、うーん、となった。

「なんとなく、子どもに関するものなんじゃないかと思うのよね」

ぽつんと苦教授が言った。

「これがはいってたのは、身のまわりのものばかりはいってた棚で。だから、個人的なもののような気がする」

「なるほど……」

「それに、祖母にとって朝顔以外に大切なものって、子どもくらいしかないような。だからって、なんなのかまではわからないけど」

苦教授はぼんやり遠くを見つめ、お茶を飲んだ。

苦教授のつぶやきのあと、小箱に関する推理は収束し、お茶会もなんとなくお開きになった。

小菊ちゃんは研究室に戻り、並木さんと苦教授はまだ話があるということで、日下さんとふたりで研究棟を出た。

「どうですか、植物園の人たちは？」

歩きながら日下さんが言った。

「そうですね、皆さんマイペース、っていうか、個性的っていうか」

「ははは。マイペース、そうだねえ、そういう言い方もあるね」

ある意味、浮き世離れしている。でも、悪い人たちじゃない。なにより好きなことを夢中で調べていて、楽しそうだった。

「並木さんも……」

「並木さん？　いやあ、並木さんはねえ、変わってるよ」

日下さんは一瞬吹き出し、噛み締めるように言った。

「すごいミステリマニアらしくて……。自分でもミステリを書いてネットで公開してるらしい」

「ええっ、どんな？」

目が白黒した。

「それが、わからないんだよ。正式なタイトルも教えてくれないし、ペンネーム使ってるらしくて、名前で検索しても出ないし。表の仕事関係の人にはないしょなんだって。でもその筋じゃあけっこう有名らしいよ。コアなファンがけっこういるとか」

なんだか、思った以上にすごい人みたいだ。

「そうだ。大島さん、焼き物って興味あります？」

植物園の出口まで来たとき、日下さんが訊いてきた。

「焼き物、って、陶芸ですか？」

「そう」

日下さんがにこにこ笑っている。なぜ陶芸の話が出てくるんだろう。

「興味はあります。あまりくわしくないですけど」

「ほんと？　ちょっとこれからこの近くに寄るところがあるんだけど、よかったらいっしょにどうかと思って」

日下さんは自分のカバンに手を突っこむ。

「なんですか？」

「これ」

そう言って、ハガキを一枚取り出した。「眠る草原／日下奏作品展」と印刷されている。日下奏作品展？　ということは……。

「これって、日下さんの？」

「そう。二ノ池駅の向こう側のギャラリーで開催してるんです」

「日下さんって、イラストレーターでしたよね？」

「ええ。でも、陶芸も、するんです。趣味みたいなもんなんですけどね」

ハガキの裏面に、不思議な形の白いものの写真が載っていた。台から細長い楕円のようなものがのびているだけ。陶芸ってことは器なんだろうけど、どう見ても、なにを入れるのか、そもそもどこかになにかを入れる場所があるのか、謎なものだ。

でも、なんだかおもしろそう。

「行ってみようかな」

そう答えると、日下さんはにこっと笑った。

ギャラリーは広々として、三方が一面ガラス、床や天井は打ちっぱなし。昼間だったらあかるくて気持ちのいいところなんだろうな、と思った。日下さんは、ギャラリーの人と話があるから、と言って奥の部屋にはいっていった。

展示のための台のようなものはなく、床に直接白いものが立っている。展示スペースとして囲まれたりもしていない。見る人は、足下に立つ作品の合間を縫うように歩いていくことになる。

壁に見取り図が貼られていて、いくつか赤いピンが立っていた。売れている、ということなのだろう。昨日はじまった個展のはずだから、すでにこれだけ立っているということはけっこう人気があるということかもしれない。

それにしてもこれはなんなんだろう。たしかに焼き物だ。土をこねて、焼いたものだということはわかる。表面はでこぼこして、手作業のあとが残っている。けれども、どの作品も器としての機能はなさそうだ。

写真は正面からだったのでわからなかったが、作品は平べったいものだった。楕円の大きさや縦横の比率はまちまちだったが、どれも垂直に立っている。

細い塔のようだった。地面から突き出た骨のようにも、お墓のようにも見える。白くざらざらした、砂で出来た墓標。

見ていると、心がしんとした。知らない街でひとりで空を見あげているときのような、さびしさというものをはじめて知ったときのような、不思議な気持ちになる。


「お待たせ」

うしろから声がした。日下さんだった。

「どうですか？」

「え、っと、あの、とてもきれいで……。なんだか、ほんものみたい」

自分でもなにを言っているのかわからなくなる。

「ほんもの？」

日下さんが首をかしげる。

「あるはずがないのに、ほんとうにこういうものがあるような気がして」

ますます意味不明である。

「そうなんですよ」

が、日下さんはそう言って笑った。

「ほんとに見えるんです、僕にはね、ああいうのが」

ぎょっとした。やっぱり芸術家って、普通の人とどっかちがうのか？

「嘘ですよ」

日下さんが笑った。冗談？　よくわからない。不安になりながら、愛想笑いを返す。

「これね、葉っぱなんです」

日下さんは足元を見おろしてつぶやいた。

「え？」

「葉っぱ。植物の葉っぱですよ」

「ああ、なるほど。そうか、だから『眠る草原』なんですね」

もう一度作品を見ると、たしかに葉に見える。

「ちょっと来て」

日下さんが手招きした。なんだろうと思いながら、あとを追った。日下さんはギャラリーの端にある階段をのぼって行く。うえには、ロフトのような場所があった。

「ほら、ここから見てみて」

そう言われて、手すりのうえから会場を見おろした。

あっ、と思った。草原……。草原だ。白い細い葉が無数に立っている。

「草原、ですね」

「僕が作ってるのは、ずっとこういう葉っぱの形ばっか。塔とか、杭《くい》とか、みんないいろいろなことを言うけどね。まあ、なにに見えてもいいんだけど、僕にとっては、葉っぱ」

なんと答えたらいいのかわからず、しばらく沈黙が続いた。

「大島さん、標本の仕事をしてるんですよね」

「え、ええ。楽しいですよ。標本って、すごくおもしろいし、きれいです」

「変わってますねえ」

「変わってはいないと思うんですけど……」

口ごもる。変わってはいない、はずだ。少なくとも、教授や小菊ちゃんや並木さんみたいには。

「ははは。大島さんって、ケンカ、弱いでしょう?」

日下さんがくすくす笑いながらそう言った。

「弱そうですか?」

「うん」

日下さんはにっこり笑った。

「そうなんですよねえ。むかしからなんです。主張できないっていうか。学校でも、前の会社でも、別に無理に自分の意見を通さなくてもいいや、って思いがちで。自分でも気にしてるんです」

目をそらし、苦笑いする。

「それは単に、これまでいた場所が大島さんにとって重要じゃなかった、ってだけなんじゃないですか。生きる場所はどこでもいいわけじゃない。人間はそれほど器用じゃない。だから、ほんとは、そういう場所を探すことに真剣になるべきなんだ。それ以外の場所で努力するのは、はっきり言って時間のムダ」

ぽかんとした。なんだかすごくあっさりと、思ったことを言う人だ。

「だれだって、必死で守らなければならないものができればちゃんと戦う。それに、ケンカにはその人なりに勝てばいいんだ。大島さんには大島さんのやり方があるよ、きっと」

もう一度、下の草原を見おろした。一瞬、その白い草原に風が吹いて、草たちが揺れたような気がした。

下のフロアに戻ってソファに座ると、日下さんはちょっと待ってて、と言って、また奥の部屋に行き、紅茶を持って来た。

「あれ、そのハンカチ」

わたしがポケットから出したハンカチを見て、日下さんが言った。

「いや、きれいだな、と思って」

「ほんとですか？　自分で刺繍したものなんです」

「嘘？」

日下さんはびっくりしたような顔になった。

「あ、すみません。でもあまりにも完成度が高いから、てっきり既製品かと」

「子どものころからの趣味なんです。小学生のころ、母に教えてもらって。休みの日はほとんど刺繍ばかりしてます」

たいていは刺繍するだけで、それをなにかの形にすることもない。たまにハンカチにするくらい。人にあげるわけでも、飾るわけでもない。刺繍された布は重ねて引き出しにしまっていく。

ときどき、なんのために作ってるんだろう、と思う。ただ作るために作っているという感じだ。

「そうか、自分で……。ちょっと見せてくれる？」

ハンカチを手渡すと、日下さんはゆっくり広げてながめた。

「きれいですねえ。それに、なかなか写実的にできてる。細密画みたいだ」

もともと、モチーフはいつも植物で、写実的な図案が多かった。下絵も作らず、デッサンするように一本取りの糸で細かくステッチする。最近植物園で標本をじっくり見ることが多くなったせいか、さらに写実的になった気がする。

「これはマツバラン、これはリュウビンタイか。なるほど。こりゃ、日ごろの仕事が生かされてるなあ。大島さんは、植物がほんとに好きなんだね」

「そうなんでしょうか」

ちょっとはずかしくなって、うつむいた。

「そうだ、今週の週末空いてたら、国立自然史博物館に行きませんか？」

突然日下さんが言った。

恐竜関係の特集のイラストを描くことになって、写真はもらったけど本物の骨を見ておきたいから、ということらしい。国立自然史博物館は展示物も充実しているし、展示方法も工夫されていて面白い、と聞いたことがあった。

「ぜひ。前から一度行ってみたいと思ってたんです」

わたしはそう答えた。

自然史博物館はなかなか楽しいところだった。

一階の「進化の広場」では、フロアを歩くことによって、進化の道筋をたどることができる。原生動物からはじまって、床に点滅するライトの筋が枝分かれし、さまざまな生物たちの標本が展示された場所に着く。バクテリアや菌類や植物の標本も充実していて興味深かった。

「変なの。これが生き物かあ」

菌類の拡大写真を見ながらため息をつく。

「まったくねえ。僕たちが、自分と同じ生きものだって思えるのって、どのへんまでだろう?」

日下さんが笑った。

「そうですねえ。昆虫とかタコくらいまでは大丈夫ですけど、ウミユリとか海綿になるときびしいですよね」

「バクテリアとかウィルスとかになると、理解を超えてるよね。まあ、ウィルスはそもそも生きものかどうか微妙だけど。うわあ、これなんか、すごい。メカみたいだ」

日下さんがバクテリアの巨大な電子顕微鏡写真を指す。

「まあ、人間の身体だって、部分を拡大すると変なものだけどさ」

「そうですねえ。むかし理科の実験で自分の細胞を顕微鏡で見ましたけど、とても自分とは思えなかった」

　こんなのでできてるんだ、と衝撃を感じたことを思い出した。

　じっくり見入ってしまったので、恐竜が展示されている三階にたどり着くまでに一時間以上かかった。エスカレーターをのぼって三階に着いたとたん、ふたりとも、ほおっ、とため息をついた。

　そこには骨だけの世界があった。真っ黒い壁に黒い床と天井。そのなかにすっくと立つ首の長い恐竜。天井から吊《つ》られた翼竜。

「きれいだなあ」

　日下さんの声がした。つぶやくような声だったのに、部屋がしずかなせいか、よく聞こえた。高い天井の広いフロア。自分たちの身体が小さく感じられた。

「こうやって骨だけが立っていると、生物じゃなくて……建造物みたいだ」

　日下さんは恐竜の骨を見あげた。

「骨っておもしろいよね。身体を支える芯みたいなものだけど、持ち主が死んではじめて全体が外に現れる」

　持ち主が死んではじめて外に現れる。その言葉にはっとした。

「ほんとですね。身体の中身は自分じゃ見られない。肉だって筋肉だって内臓だって。でも、そういうものは、持ち主が死んだらすべて腐ってなくなってしまう。けど、骨だけは残る」

「そう。その人が一生かかって育てて来た秘密が結晶化したみたいに」

植物園の標本たちのことを思った。水分を抜くことで、植物が隠し持っていた形が浮きあがってくる。葉脈は網目のようだし、茎は細い繊維でできている。

「僕は、むかし、生きもののなかでいちばんうつくしいのは骨なんじゃないか、って思ってた」

日下さんがひそっとつぶやく。

「どうしてですか?」

「わからない。でも、どろどろしたなまなましいものが全部洗い流されてる気がして。生きてるものが少し恐かったのかもしれない」

そう言って、また骨を見あげる。

「わたしは、生きてるもの、きれいだと思います」

ぽろっと口から言葉がこぼれ落ちた。そう、きれいだ。植物園のどの植物も。庭の草木も。道端の雑草だって……。

「みんな奇跡みたいにきれいだ、っていつも思ってました」

「それは……。ちょっとうらやましいね」

日下さんは少し笑った。

「でも最近、標本を見るようになって、それもきれいだなって」

「そうか」

日下さんがうなずく。

日下さんの陶器はどうなんだろう。あれは葉っぱだって言ってた。生きてる葉っぱなんだろうか、それとも、立ち枯れた草？

訊こうかどうか迷ったが、言葉にならなかった。

日下さんがあちこちでメモを取ったりスケッチしたりしているあいだ、ひとりで骨を見てまわった。

「恐竜の歯は、抜けても何度も生え変わります。折れた歯や伸びかけの歯もまざっているため、いろいろな長さの歯がならんでいます」

頭部の骨の前に、そう書かれていた。

肉食竜の化石らしく、歯はぎざぎざで、よく嚙み切れそうだった。歯と歯のあいだに隙間があいていて、歯みがきにも便利そうだ。

なぜかはじめて歯が抜けたときのことを思い出した。

母と弟といっしょに祖父母の家に泊まったときのことだった。少し前からぐらぐらしていたのだが、泊まった翌朝いよいよぐらぐらはひどくなり、気になって朝早く目が覚めた。みんなぐっすり眠っていたが、祖母だけは起きて、米を研《と》いでいた。

歯が気になって起きちゃった、と言うと、祖母は、わたしの口のなかを見て、ああ、これはもう抜けるわねえ、ちょっと痛いけど、仕方ない、と言って、引き出しから裁縫道具を出してきた。

糸を歯に結びつけ、えいっと声をあげて引っ張る。

痛っ、と思った瞬間、あっけなく歯は抜けた。祖母は、よく我慢したねえ、えらかった、と言ってわたしの頭をなで、これが風里の歯だよ、と言って手のひらを見せた。白くて小さい、不思議な形のものがあった。埋まっている部分がこんな形になってるなんて知らなくて、わたしはしばらくそれをまじまじと見ていた。

「なに見てるの？」

いつのまにか日下さんがうしろに立っていた。

「歯です。これを見てたらなんだかはじめて歯が抜けたときのことを思い出して」

恐竜の歯を指しながら言った。

「歯、って……。ああ、乳歯？」

「ええ」

「乳歯かあ。あれって、二十何本かあったはずだよねえ。どうもそんなに抜けた気がしないけど」

「そう言われてみればそうですね」

「骨の一部みたいなものなのに、乳歯だけは子どものころに身体から離脱しちゃうんだよね。子ども時代の結晶ってわけか」

日下さんはちょっと笑った。

「腐らないから、捨てなければ身体とは別のところに残り続けるわけですよね。身体の方は大きくなるのに、子どものころの大きさのまま……」

まさに子ども時代の結晶……。あ、と思った。

「日下さん、もしかして、あれって」

思わず声が出る。

「『あれ』？　なんのこと？」

「例の、苫教授のお祖母さんの小箱にはいってたものですよ。あれって、乳歯だったたんじゃないでしょうか？」

「乳歯？」

「子どもたちの、ですよ。もしかしたらお孫さんのもあるかもしれない。お祖母さんは、子どもたちの乳歯を箱に入れてとっておいたのかも……。いえ、単なる思いつきですけど」

自信がなくなり、途中から声が小さくなった。

「なるほど。たしかに歯ならあの箱にもはいるなあ」

日下さんがつぶやく。

「うん、ありえる。月曜日、また並木さんと植物園に行くことになってるんだ。そのとき、訊いてみよう」

日下さんに言われ、うなずいた。

「実はね、昨日実家から小さな鍵が送られてきたの。絨毯《じゅうたん》の下から出てきたんですって。祖母が眠ってた、枕の下あたりから。あんたが持ってった小箱の鍵じゃないかって。たしかに大きさ的にはぴったり。でも、本人が鍵をかけておいたものでしょう？開けていいものか、迷っちゃって、結局そのまま」

月曜日、並木さんたちがやってきて、大部屋でまたあの小箱の話が出た。

「苫教授、もしかしたら、その中身……」

日下さんがそう言って、うながすようにわたしを見た。

「乳歯じゃないでしょうか？」

ためらいながら、思い切って口を開いた。

「え？」

「お子さんたちの乳歯」

「乳歯？」

教授が首をかしげた。

「そういえば、帰省中にうちの子の歯が抜けたとき、祖母が、歯がどうのとか言ってたような。あれ、そういえば、わたしも小さいころそんなことが……」

教授がぶつぶつつぶやき、目を閉じる。

「実はいま、持ってるの。箱と鍵、両方とも。開けてみようか」

そう言って、ずだ袋に手を入れた。

小さな鍵を鍵穴に入れる。みんなじっと鍵穴を見つめた。

かちっと音がして箱が開いた。

紙に包まれた小さな豆のようなものが詰まっている。紙を開くと、なかから白いものが出てきた。

「歯だ」

みんなほうっとため息をついた。紙のひとつひとつに名前が書いてある。歯の持ち主の名前らしい。

「あったわ、わたしのも」

見ると、淑子、と書かれた包みがあった。

「母とそのきょうだい、つまり祖母の子どもの代から、わたしたち孫の代、ひ孫の代まで全部そろってる」

教授はため息をつきながら言った。

「うわあ、すごいですね。全部でいくつあるんだろ？」

小菊ちゃんが言った。

「紙にひとりずつ名前が書いてあるっていうのも祖母らしい。うわ、なんだかこれだけ集まると、迫力あるなあ」

「一族……ですね」

日下さんがつぶやく。

「乳歯とはねえ。へその緒っていうのはよく聞きますけど、あれはひとつしかありませんしね。孫とかひ孫の分まで集めることはできない。でも歯なら一本くらいは手にはいりますもんね」

並木さんが感心したように言った。

「今回は、大島さんが一本、といったところでしょうか」

並木さんが悔しそうに言う。

「今回ってなんのことですか？」

日下さんが苦笑いした。

「たぶん、子どもに関するものじゃないか、っていう苫教授の言葉がどこかに残ってたんだと思います」

わたしは言った。

「教授の勘は当たってたんですね」

小菊ちゃんがうなずく。

「わたしが大学で植物の研究をするって言ったとき、いちばん喜んだのは祖母だった。そういえば、いとこのなかには、園芸家になったのもいるし、江戸の文化を研究して学芸員になったのもいる。母の代には出なかったけど、孫の代になって、祖母の朝顔好きが形を変えて現れてきたのかも」

「メンデルの法則みたいですね」

小菊ちゃんが笑った。

「そうね。いとこたちはみんなちがう。性格も職業も結婚相手も住む場所も生活も。でも、やっぱりどっか似てる」

「血というものは、抗いがたく存在するのかもしれませんね」

並木さんが神妙な顔になる。

「歯を入れとくだけなのになんで鍵をかけてたんだろうって思ってたけど……。子どもって、成長して、巣立って、子どもを産んで、それがまた子どもを産んで、って拡散していくでしょう？　それはいいことなんだけど、母親としてはちょっとさびしい。だから、せめて乳歯だけでも手元に集めて、散らばらないようにしてたのかもしれないなあ、って」

教授がつぶやく。そうかもしれない。本人が意識していたかどうかはわからないけど、わざわざ鍵のかかる箱を選んだのだから。

「それで、箱はどうするんですか？」

日下さんが訊いた。

「どうしようかなあ。納骨のときいっしょにお墓におさめるべきなのかな……。でも、持ち主が生きてるのに歯が墓にはいるっていうのも、なんか変だし」

教授は腕を組んで目を閉じる。

「しばらく預かっておこうかな。そのうちひ孫たちも子どもを産むだろうしね。そしたらまた、乳歯をこの箱に納めてもいいし」

そう言いながら箱をなでた。

「一族の歯のコレクションなんて、なかなかないですよ、きっと」

日下さんが笑った。

「そうねえ」

教授も笑った。

「そうだ、それとね、祖母の変化朝顔の種と鉢、できるだけ植物園に持って来ようと思うの」

「ほんとですか？　じゃあ、調べてもいいですか？　トランスポゾンにちょっと興味があって」

小菊ちゃんが言った。

「そう言うと思った。いいわよ。DNAを調べてなにか見つかれば、論文いくつか書けるかも」

苦教授が言った。

「DNA……?」

わたしは訊いた。

「あれ? 大島さんにはまだ説明してなかったんだっけ」

教授が首をかしげた。

「苦教授は分子進化学の第一人者なんですよ。小菊ちゃんの専門も分子進化学。DNAを調べて、生物の進化を解明する」

並木さんが説明する。

「そうなんですか? でも、DNAの実験なんて、どこで……? 映画でしか見たことないんですけど、ハイテクな機械が必要なんですよね?」

このレトロな建物のどこにそんな機械が……?

「実験室は地下にあるんです。つまり、この真下。分析に必要な機械はなにもかもそろってますよ」

小菊ちゃんが微笑む。

「むかしは、分類系統を調べるのに形態を比較するしかなかったけど、いまはほとんどの人がDNAを使ってるわね」

「ご希望なら、あとで実験室もご案内しますよ。映画じゃない、本物のハイテク機械が見られます。なんなら、実験を体験してもらっても」

小菊ちゃんが言った。

「そんなこと、できるんですか？」

「実験自体は簡単な作業ですから。大島さんくらい器用なら、すぐ覚えられます」

「ほんとですか？」

「ええ、いつでも」

小菊ちゃんが笑った。

「大島さん、今回はありがとう。乳歯だってわからなかったら、箱を開けられずにいたかも」

苫教授が言った。

「そうですね、お見事でした」

並木さんが眼鏡の縁をきゅっとあげた。

その晩、夢を見た。

海にいた。まぶしくて、広い砂浜。遠くに子どもたちが走っている。

波がざぶんざぶんと打ち寄せている。

いちばんうしろの子の横顔が見えた。小学生くらいの、真っ黒に日焼けした女の子。

あっ、と思った。あの子、どこかで見たことがある……。

そうか。苦教授。あの子、この前アルバムのなかで見た、子どものころの苦教授だ。

その証拠に、その子の肩には巨大なずだ袋がななめがけになっていた。

あの子も……。あのおかっぱ頭に見覚えがある。教授のとなりに写っていたいとこ。

ずだ袋をかけた子の足が止まる。しゃがんで、足下の砂を見ている。立ちあがるとき、こっちをふりかえった。

目が合う。

「大きな袋だね。なにがはいってるの？」

わたしは話しかけた。

「見る？」

ぱっちんどめでとめた前髪の下の目を輝かせながら、袋の口を開けた。

「種？」

大きいの、小さいの、丸いの、細長いの……。たくさんの種で袋はぱんぱんになっていた。

「向こうにね、もっとたくさんあると思うんだ」

その子がずっと遠くを指さす。

「いっしょに行く？」

「うん」

戸惑いながらうなずいていた。

「じゃあ、行こ」

その子が走り出す。わたしも思わず駆け出していた。

砂のうえのたくさんの小さい足跡。笑い声。

ああ、そうなんだ。だれでもみんな、こんなふうに小さかったんだ。

見ると、子どもたちの前にも、その前にもずうっとたくさんの子どもたちがいて、海際を走っていた。

どこまでも続く砂浜。薄いレースみたいに、波が打ち寄せてくる。真っ白い砂がさらさら動いた。この砂も、なにかだったんだろうか。サンゴとか、なにかの骨とか。

それがこんなふうに細かくなって……。

どこもかしこも真っ白く光って、海がきらきらしていた。

3　池のない庭

「小菊ちゃん、いますか？」

地下の実験室をのぞく。小菊ちゃんの姿はなく、いつも小菊ちゃんが座っている席に、知らない男の人がいた。

「いませんけど」

彼は立ちあがり、不機嫌な声で言った。瘦せていて、神経質そうな顔だった。ジーンズはだぼだぼで、無理矢理ベルトで締めている。まったく身なりに気をつかっていない感じだ。

この人、いくつ？　それに、何者なんだろう？

「どこにいるんでしょう？」

「知りませんよ。僕も来たばっかりなんだから」

彼はいきなり声を荒げた。

「すみません」

思わず謝った。

「あ、それから実験室にはいるんだったら、スリッパに履き替えてください」

わたしの足下を指して言う。

「いえ、ほかを捜しますので」

頭を下げ、すごすごと階段の方に戻った。

だれだ、あれ？　いままで見たことのない顔だけど……。それにしてもなんかいやな感じだったなあ。スリッパに履き替えろ、って、それくらいわたしだって知ってる。

なんとなくむしゃくしゃしながら階段をのぼった。

外かもしれないと思って入口の方に歩きはじめたとき、小菊ちゃんが帰ってきた。

「よかった。捜しました」

「どうかしましたか？」

「苫教授にこの標本を探すように、って言われて。わからなかったら小菊ちゃんに聞いて、って」

メモを見せながら答えた。標本室の戸棚にしまいこまれた無数の標本。見方も少しずつわかってきたが、学名などはまだまだちんぷんかんぷんだ。

「わかりました」

標本室にはいるなり、小菊ちゃんは引き出しをいくつかするするあけて、あっという間に目的の標本を見つけ出した。

「すごいですねえ」

「ここを片づけたとき、わたしが入れたんです。それを覚えていただけですよ」

覚えているだけ、って言っても……。

あれは二カ月も前の話だし、大きな戸棚がいくつもあって、すべてに標本がぎっしり詰まっているのだ。やっぱりすごい記憶力だ。

「ありがとうございました。助かりました」

「いえいえ、なんのなんの」

小菊ちゃんは涼しい顔で言った。

「そういえば、地下の実験室に知らない人がいたんです。男の人で……。なんだか実験室をよく使ってる人って感じの話し方だったんですけど」

「え？　もしかして、背が低めで、ちょっとお坊ちゃんっぽい感じでした？」

「え、ええ、そうですね、すごく痩せてて」

「痩せてる？」

小菊ちゃんが首をひねった。

「ええ。かなり。それで、すごくオーバーサイズのジーンズをベルトで締めてて」

「で、前髪、こんな感じでした？」

小菊ちゃんがおでこに手を斜めにかざした。

「あ、そうそう、まさしくそんな感じでした」

「石塚くん、治ったんだ」

小菊ちゃんがぼそっとつぶやいた。

「石塚くん？」

「ええ。もうひとりの修士の院生ですよ、わたしと同じ修士一年」

そういえば、苦研には小菊ちゃんのほかにふたり修士の院生がいるという話を苦教授から聞いたことがあった。

ふたりのうちひとりは長期で海外の大学に行っているらしく、あと半年は帰って来ないのだそうだ。もうひとり、修士一年の院生がいて、こちらはなにかの病気とかいう話で、ずっと休んでいるらしかった。

「あの、なにかの病気って言ってた人ですか？」

「そうなんです。この前海外に調査に行って、赤痢になっちゃったんですよね。それでずっと休んでたんですよ」

「調査って、たいへんなんですね」

「うーん。調査地で伝染病にかかることはわりとあることなんですけど……」

小菊ちゃんはため息をついた。


「そうなのよ、石塚くんってよっぽど運が悪いのか、マラリアとかデング熱とか、調査に行くと毎回なんかしら拾ってくるのよね」

石塚くんについて訊くと、苦教授はさらっとそう言った。

「伝染病ってなかなか悲惨でねえ。しばらくは隔離されて、家族の結婚式にも葬式にも出られない。それに、気づかないで入国しちゃうと、その人の立ち寄ったところはすべて役所から消毒が来るのよ。まわりの人たちもびくびくするし」

かなり痩せているように見えたのも、もともとはそんな体型でもないのだが、病気のせいでやつれたということらしい。ジーンズも、あれがもともとのサイズということか。だとしたら十キロ減くらいではきかないかもしれない。

「石塚くんは、修士にははいったけど、いまひとつやりたいことがはっきりしなくてね。ああでもない、こうでもないって悩んでばかりで……。それでとりあえず食虫植物の研究をすることになったわけ」

「それで熱帯に？」

「そう。まあ、だれでもたいてい何度かは病気になるんだけど、毎回っていうのはちょっとめずらしいかな」

「身体が弱いんですか？」

「うーん、そういうわけでもないみたい。運が悪い、としか……」

教授はまたしてもさらっとそう言った。

「学部時代、東京近辺のふつうの藪でもツツガムシ病になったりしてたしねえ。そんなわけで、最近じゃ、調査に行く話が出ると情緒不安定になっちゃって……」

教授はため息をついた。

「苦教授、困りますよ」

そのとき、ばたんと大部屋の扉があいて、声がした。そこには石塚くん本人が立っていた。

「標本室、片づけちゃったんですか？　僕の資料が置いてあったんですよ」

いきなり詰問口調だ。

「あ、すみません」

　片づけの責任ならわたしにもある。思わず頭をさげたが、こっちを一瞬ぎろっと見ただけで、すぐに視線は苫教授に戻った。

「ああ、ごめんごめん、でも標本整理のためにスペースが必要で」

　かなりきつい口調で言われているのに、教授はまったく動じていないみたいだ。

「標本整理？　なんでそんなのいまやるんですか？　あれだけ放置してたくせに」

「そうなんだけど……」

「こっちは、ただでさえ病気で遅れをとってるんですよ、次の学会までに結果出さなくちゃならないっていうのに」

「あの、すみませんでした」

　もう一度頭を下げる。

「あなた、だれ？」

　石塚くんは怪訝《けげん》な顔でわたしの顔を見た。

「まだ紹介してなかったわね、大島さんよ。十一月から標本整理をしてもらってるの」

「ああ……」

無関心、といった口調だ。

「すみません、わたしも部屋の片づけしたんです」

「関係ないでしょう、あなたは」

思わずぎょっとした。バイトは黙ってろ、ということなのか……。

「石塚くん」

扉の方から声がした。小菊ちゃんだ。

「大丈夫、石塚くんの資料は院生部屋にちゃんととってあるから」

「院生部屋って、どこに？」

石塚くんはぎろっと小菊ちゃんを見た。

「石塚くんの机の横の……」

「机、勝手に開けたの？」

「ううん、石塚くんの机の横の棚。ごめん、ちゃんと教えなくて」

「あそこにはこの前の学会関係の資料がはいってるんだよ、勝手に触られると」

「大丈夫大丈夫、ほかのものには触ってないから」

「ともかく、片づけるときはちゃんと相談してくださいよ、教授。僕には僕の事情があるんですから」

石塚くんは、ばたんと扉を閉じて部屋を出て行った。

夕方、標本室で作業をしてると、急にうしろから声がした。

「大川さん……いや、大島さん、でしたっけ？」

ふりむくと、石塚くんが立っていた。うわっ、と思わず声をあげそうになった。ノックもなく、扉を開ける音も足音もなく、すぐ近くに立っていたのだ。

「お、大島ですけど」

ようやく、そう答える。

「えーとさあ、このへんに置いてあった書類ケース、知らない？」

石塚くんは自分の前髪を引っ張りながら言った。

書類ケース？　そんなのあったっけ？　視線が宙を泳ぐ。この部屋を片づけたのは二カ月前のことだし、そのころはどれがなんなのか、なにもわかっていなかったのだ。

「まあ、あなたに訊いてもしょうがないか。あとで小菊ちゃんに訊こう」

訊いてもしょうがない……。たしかに覚えていないから仕方ないんだけど。

「ところで、大島さん、でしたっけ？　なんでこんな仕事してるんですか？　標本整理なんて、単調な作業でしょう？　変わってますよね」

いきなりそう訊かれ、面食らった。

「この仕事、楽しいですよ。標本ってすごくきれいですし」

「きれい？」

石塚くんは怪訝な顔をした。

「まあ、素朴にそう感じるのは別にいいんですよ。すばらしいことです。でも、きれい、とか、楽しい、とかだけでするもんじゃないでしょ、仕事って」

その言葉にぎょっとして、かたまった。

「え？　それはまあ、そうですけど……」

「僕から見たら不思議ですよ。こういう下積み……っていうか人の手伝いの仕事をしてるのって、どんな感じなんだろう、って」

石塚くんは笑って言った。無邪気で、子どもみたいな笑顔だった。

下積み……。たしかに、ここでの仕事はアルバイトでしかない。正社員じゃないし、昇進もない。

「大島さんって、僕より年上なんですよね。う〜ん、やっぱりわからないなあ」

石塚くんは首をひねった。

数日後、大部屋に行くと並木さんと日下さんが来ていて、苫教授を囲むお茶会になっていた。

「いやあ、このへんの道ってほんと複雑で、迷路みたいですよね。坂が多いせいなのか、この前二ノ池公園の裏歩いていたら、迷子になっちゃって」

並木さんが笑った。

「このへんは大地の縁なんです。崖がくねくね入り組んでいるうえに小山もたくさんある。むかしから有名な急坂もあるし、階段坂も多くて。この植物園も斜面を活かした作りになってるんですよ」

石塚くんがめずらしく上機嫌で説明している。

「あれ、でも……」

途中でふっと言葉を止めた。

「一ノ池って、どこにあるんでしょうねえ」

そう言って、首をひねった。

「一ノ池？」

小菊ちゃんが訊きかえす。

「そう、一ノ池。二ノ池公園のなかにあるのが二ノ池、ここにあるのが三ノ池、でも、一ノ池って聞いたことがないじゃない？」

そういえば、最初植物園に来たとき、パンフレットの解説を読みながらわたしも同じことを考えた。

「そうね、二ノ池、三ノ池があるんだから、当然一ノ池もあっていいはずよね」

「そう言われてみればそうねえ。ここに来るようになってもうずいぶんたつけど、一ノ池っていうのは聞いたことがないわ」

以前は苦教授の研究室は応来大学本校のなかにあったらしいが、数年前に研究室ごとこの研究棟にやってきたらしい。

「二ノ池と三ノ池は、湧水《ゆうすい》の池なんですよね。そもそもこのあたりは武蔵野台地の端っこだから、湧水は多いはずです」

石塚くんが言った。

「そうなの？　どうして？」

小菊ちゃんが訊いた。

「関東地方の台地っていうのは、基本的に、硬い基盤岩の層のうえに関東ローム層っていう水を含みやすい土がのっているんです。雨水はローム層に浸透して下におりていって、硬い基盤岩にぶつかると、横に流れ出す。まあ、流れるっていってものすごくゆっくりしたスピードですけど」

石塚くんはノートを広げ、ペンを持った。

「台地の端の崖は、崖線《がいせん》って言われるんですけどね。崖線沿いには水が湧くところがたくさんある。この近辺だと、二ノ池、三ノ池のほかにも、小金池とか鏡池とかね。どれも、地図で見ると見事に崖の下にあたる場所にある」

石塚くんはノートに図を書きながら早口でそう説明した。駅周辺の概略図で、さらっと書いた割にはひどく正確なのでびっくりした。

「たしかに二ノ池公園も、駅から見ると坂をくだったところにあるわよね」

「名前から考えて、たぶん一ノ池も、ハケ……ええと、崖線は一般的にハケって言われるんですけど、一ノ池もハケの下にあるんじゃないか、と」

石塚くんは図を見ながら腕組みした。

「一、二、三ってセットになってるんだから、近くにあるはずよね」

苫教授が首をひねる。

「涸《か》れちゃった、ってことは？」

「可能性はありますね。東京の湧水は、昭和三、四十年代にかなり涸れてしまいましたからね」

「昭和三、四十年代に？　どうして？」

小菊ちゃんが訊いた。

「高度経済成長期に道路がどんどん舗装されてたんですよ。土がアスファルトで覆われると、雨水が浸透しなくなるでしょう？　地下鉄が作られたり、大きな建物が建ったりすることで水脈が途切れてしまったっていうのもある。あと、工場なんかで地下水を大量に汲みあげたっていうのも。そのせいであちこちで地盤沈下が起こった。ひどいところは年間二十センチも沈下したとか」

「石塚くん、くわしいわね」

教授が感心したように言った。

「上下水道もどんどん整備されましたしね。それで井戸も涸れた。井戸っていうのは、汲みあげることで水の道を保ってるんです。だから、汲まなくなると涸れてしまう」

「そういうものなんだ」

「だから、一ノ池もこの時期に涸れたのかもしれない。涸れたあとそこが再開発されたら、跡形もなくなっちゃうだろうし」

石塚くんはもう一度地図をながめた。

「でも、だとしたらもともとはどのへんにあったんだろう？」

「そうねえ。池自体は涸れても地名としては残ってたりするものよね」

教授がつぶやく。小菊ちゃんが本棚からこのあたりの地図を出してきてみんなで探したが、見つからなかった。

「そういえば、最近聞いた変な話を思い出しました」

しばらくして、ぽつんと並木さんが言った。

「変な話？」

教授が訊いた。

「ええ。地名じゃなくて、人の名前なんですけどね」

並木さんがつぶやく。

「うちの会社の元編集者で、去年定年で辞めた方なんですけど、この前たまたま会社にいらして……。その人、順二、っていう名前なんですね。順番の順に、数字の二で順二。でも、実は自分は長男なんだ、って言うんです」

長男なのに順二。たしかにちょっと変わっている。

「ちなみに弟さんふたりも、忘れてしまいましたが、それぞれ三と四がつく名前らしいんですね」

並木さんが続けた。

「単に親の趣味じゃないですか？　ゴロの問題とか、画数とか、一っていう字が嫌いだったとか。長男だから順一って決まりがあるわけじゃないし」

石塚くんが少し不満そうな顔になる。いつのまにか池の話でなくなっているのが気に入らないのかもしれない。

「そうですね。彼もとくに深く考えたことがなかったらしくて、その年まで名前の由来をご両親に訊いたことはなかったらしいんです」

「じゃあなぜ突然疑問に？」

「お父様が亡くなったんです。お母様はずいぶん前に亡くなっていて。お葬式で兄弟が集まって、そういえばなんで俺たちこういう名前なんだろうって話になって、だれもそれについて訊いたことがない、って気づいたらしいんです」

「親といっしょに謎もお墓にはいっちゃった、ってわけか」

日下さんがぼそっと言った。

「たしかに、死ぬときには、その人の頭のなかの世界もきれいさっぱり消え去るのよね。人の頭のなかにはだれにも言わないままの記憶がたくさんあるから、それらも同時に完全に消えてしまう」

教授がつぶやく。

「そう考えると、儚《はかな》いですね」

小菊ちゃんがうなずいた。

「でもこの話、実は後日談がありまして。兄弟が家を整理していたとき、アルバムを見つけたんですね。そしたら、なんとそのなかに順一と書かれた写真が見つかったんです」

「え、順一？」

みんな目を丸くする。

「ええ。順二ではなくて、順一。でもその写真には、畳の上に置かれた産着だけしか写っていなかった」

産着だけ……？

「お母様は、順二さんが生まれる前に、最初のお子さんを死産されていたんです」

「うわあっ」

突然石塚くんが短い悲鳴をあげた。みんな驚いて石塚くんを見る。

「僕、そういう気味の悪い話、苦手なんですよ」

怒ったような顔になる。

「産着だけの写真なんて……。想像するだけで、うわああ」

石塚くんが耳をふさいだ。

「それに、池の話と全然関係ないじゃないですか」

「すみません、これはまったく別の話ってことなんですけど」

並木さんがもごもご答えた。

「脈絡ないし、わけがわからない」

石塚くんのいらいらした声を聞くと、胸がぎゅっと苦しくなった。

「僕、もういいです。なんか、疲れたし」

石塚くんはばっと席を立ち、大部屋を出て行った。

「すみません、並木さん」

小菊ちゃんが、情けない、という感じで謝った。

「こちらこそすみません。池と関係のない話をしてしまって……。彼、大丈夫でしょうか?」

「大丈夫……じゃない?」

教授はさらっと言った。

「それに、わたしは怖いとは思わなかったけど。どちらかというと悲しい話よね」

「本人もそう言ってました。そんな話、兄弟のだれも知らなかった。子どものころに聞いたなら、ぴんと来なかったかもしれない、でも、もうみんなそろそろ定年、孫もいるって年だからね、って。そんなことも知らずにここまで生きてきたんだ、亡くなった母をいたわることもできなかった、ってちょっと落ちこんでました」

「子どもが小さいころの親子って、いっしょに過ごす時間も長いし、いちばん身近な存在よね。でも、親が子どもに言わないことって多い、っていうか、言わないことの方が多いかもしれない」

教授が息をつく。

「みんな、子どものためを思って隠してるんですよね。そんな大事なこと隠すか、って思うけど、だからこそ隠す」

並木さんがうなずく。

「家族のなかって、いちばん秘密が多いところなのかもしれませんね」

小菊ちゃんが言った。

「それにしても……。知らなかったなあ。石塚くん、ああいうのが苦手なんだ」

教授がくすっと笑う。

「でも、あの態度はよくないです。あとで言っておかないと」

小菊ちゃんが毅然とした顔で言った。

「いやいや、初々しくてよろしいじゃないですか」
並木さんはなぜかうれしそうに微笑んだ。

白い布に日が射していた。そのなかを針がちくちく進んでいく。窓辺の日だまりにいると、冬でもぽかぽか暖かい。

金曜日、いつものように家で刺繍をしていた。植物園の勤務は月曜日から木曜日の週四日、金曜からの三日間は刺繍ばかりしている。

植物園に勤めるようになって、いろいろな植物を見るせいか、描くものの幅が広がって、作っても作っても作り足りない。金曜日の朝からはじめて、気づいたら土曜の朝だった、なんてこともしょっちゅうだった。

だが、最近はどうもうまくいかない。イメージはまとまらず、ステッチをはじめては糸を抜き、の繰り返しだった。

なんだか、調子が悪いなあ。

思えば、ここのところいつも正体不明の憂鬱に悩まされていた。悩んでいる、というわけでもないが、心のどこかがいつも青黒くくすんでいる感じ。

こんなこと、ここに来てからなかったのに。

充実してる、とても。ここに越して来て、植物園に勤めるようになって、ずっとそう感じていた。

でも……。

下積み。人の手伝い。石塚くんの言葉が頭をかすめた。

どうしても苦しくなって、会社を辞めた。でも、それって、単なるドロップアウト？　この生活ってもしかして、自己満足？

あのまま会社にいたらどうだったんだろう？　会社員、という世間体のいい肩書きはあった。昇進もいつかはしたかもしれない。だけど、それが？　会社員っていうのは、単に会社の歯車にすぎない。どんなに昇進しても。

石塚くんみたいな研究者とはちがう。研究者には自分の業績というものがある。自分の力で論文を書き、自分の名前で発表する。もちろんプレッシャーはあるだろうけど、優れた能力を持った、選ばれた人たちだ。

それに比べると、いまのバイトでも会社員でも、わたしは……。

わたしって、何者なんだろう？

ため息をつく。いつのまにか空が夕方の色になっていた。

食料も買ってこなくちゃならないし、少し散歩でもしよう。

針を止めて、立ちあがった。

家を出て、二ノ池公園駅の商店街に向かって歩き出した。植物園からだとJR二ノ池駅の方が近いが、うちからだと、私鉄の二ノ池公園駅の方が近い。にぎやかな二ノ池駅前とちがって、二ノ池公園駅には小さな商店街しかないが、日常の買い物には問題はない。

そういえば、うちの裏も斜面だ。歩きながら石塚くんの話を思い出した。うちの裏手はわりと急な斜面のせいか、木で覆われて、建物はない。地形を考えると、どうやらこの斜面も石塚くんが言っていた崖線の一部らしい。つまり、うちは崖線の下に建っているということだ。

商店街に行くはずが、いつのまにか逆方向に進んで、坂をのぼっていた。こっちの方にはあまり来たことがなかった。植物園に行くのとも、二ノ池駅に行くのとも、二ノ池公園駅に行くのとも別の方向だからだ。

歩いているうちに、だんだん自分がどこにいるのかわからなくなってきた。もともと方向音痴の気があるのだけれど、斜面のせいで道が複雑で、どっちに向かって歩いているのかさっぱりわからなくなってしまった。

急すぎて階段になっている狭い坂道をのぼる。こんな階段もいままで知らなかった。並木さんも言ってたけど、ほんと迷路だよ……。

階段をのぼり切ると、急に目の前が開けた。高台に大きな空き地が続いていた。

こんなとこがあったんだ。

ぽつぽつと家が建っているが、空き地が目立つ。そのなかに木がたくさん残っている場所があった。生け垣に門もある。

家だろうか。門に近いところに木があって、真っ白い梅が満開だった。花に引き寄せられるように前に立った。

あまり手入れがされていないのか、常緑樹の生け垣は半ば野生化していた。木でできた背の低い門も傾き、蝶番がゆるんでいる。表札もないし、人の気配もない。

空き家、かな?

のぞいて、驚いた。なかには不思議な家があった。古い純日本風の家屋なのだが、手前側に小さな六角形の洋館がついている。細長く、塔のような形だ。

洋館の壁の上の方には細長い窓があって、磨りガラスがはいっていた。それに鉄の十字。扉にはステンドグラスがはめこまれている。尖った屋根にくすんだ漆喰の壁。きれいな建物だ。

門の上から身を乗り出し、身体をひねってなかをのぞく。

「うわあ……」

思わず声がもれた。庭が見える。梅の花の向こうに広がった庭。

うつくしく整った小山や小径。さまざまな低木。庭は予想以上に奥深く広がってい
て、向こうに大きな木がそびえている。

不思議だ。生け垣や家は手入れされていないようなのに、庭だけは整えられてる。

「あれ、フウリちゃん」

突然うしろから声が聞こえて、うわっ、と叫びそうになった。

ふりかえるとテルミー不動産のノムさんがにこにこ笑って立っていた。

「あ、ノムさん」

「なにしてるの？」

「あ、いえ……。なんだか素敵な家だなあ、と思って……」

人の家をのぞいているところを見られてバツが悪く、照れ笑いをした。

「ああ、この家ね」

ノムさんはなるほど、という顔で、家を仰ぎ見た。

「そういえば、フウリちゃんには言ってなかったね。この家は、フウリちゃんがいま

住んでいる家の母屋なんだよ」

「えっ、母屋？　母屋って、でも、あの、うちは……」

思わずきょろきょろと坂の下の方を見る。母屋というからには、同じ敷地にあるはずでは……？

「あれ、わからない？　フウリちゃんちはあそこ」

ノムさんがすぐ下を指さした。

「あっ」

驚いた。たしかにこの下はわたしの家だ。ぐるぐるまわっているうちに、いつのまにかうちの真上に来ていたのだ。

「えらい華道の先生が建てたものなんだって。こっちが母屋で、築八十年以上なんじゃないかな。フウリちゃんの家は離れで、あとで建てられたものなんだよ」

「そういえば、ノムさんもあの家……離れに住んでたんですよね」

改装しているとき、ゲンさんから聞いた話を思い出した。ノムさんは、ずっとむかし、新婚時代に、いまのわたしの家に住んでいたらしいのだ。

「ゲンさん、話しちゃったのか。そうだよ、むかしの話だ」

「もしかして、母屋の人とご親戚かなにかだったんですか？」

「いや、そうじゃなくてね。家の主が亡くなって、母屋はもう空き家だったんだ。親戚の人が管理だけしていてね。離れの方は小さいし、まだ新しかったから、そこだけ敷地を分けて、人に貸してたんだね」

「そうだったんですか。それにしても不思議な家ですね、古い和風建築なのに、小さい洋館がついてる……」

「むかしはこういう家がけっこうあったんだよ。大正から昭和初期くらいかな、西洋建築に憧れて、玄関脇に小さい洋館をつけた家が建てられてたんだ。洋館を見て憧れたんだろうねえ。形だけ真似て、玄関脇にちょこんとつけたりしてたんだって。玄関ホールにしたり、応接間にしたりね」

ノムさんは建物の屋根を見あげた。

「おもしろい建物だとは思うけど、維持するのがね。本来木造の建物は定期的に職人の手がはいればけっこう長持ちするんだけど、職人ももう少なくなったからねえ。ここも近々取り壊されるらしいよ」

「そうなんですか？」

「ほら、このあたり、妙に空き地が多いでしょう？」

ノムさんがあたりを見まわす。

「え、ええ、そう言われてみれば」

「もともと、この近くには、大きな看護学校と寮があったの。それが移転してね。このあたりとしてはめずらしく大きな土地が空いた。まわりの家も少しずつ買い取られてて。なにか大きなものを建てるって話があるらしい」

「大きなものって……?」

「まだ決まってないみたいだけどね。商業施設か、大型マンションか。案はいろいろ出てるらしいよ。それで、この家もずっと残ってたんだけど、売ることになったらしい」

「なんだか、もったいないですね」

亡くなった祖父母の家が取り壊されたときのことを思い出した。あったものがなくなっていく。祖父母が座っていた縁側も、絨毯《じゅうたん》の敷かれた居間も、階段についた変わった細工のはいった手すりも、もうどこにもない。家に置かれていた家具も……。家がなくなって、新しいものができる。そうして、少しずつ、むかしあったものについての人々の記憶も薄れていく。そして、それを知っている人が少しずついなくなって、いつかはなにもかもなかったのと同じになる。

「ちょっとさびしいよね。僕もあの家に少しは縁があるからかな、なんだか妙に愛着があってさ」

ノムさんはため息をついた。

「ところでフウリちゃんはなんでこんなとこに？　散歩？」

「あ、えーと、そう、実は商店街に行こうと思ってたんです」

「商店街？　フウリちゃんちからだと、ずいぶん方向がちがうけど？」

「ええ、その前にちょっと散歩を……。そうだ、ノムさん、このあたりに一ノ池ってありますか」

古くからここで不動産屋をしているノムさんなら、なにか知っているかもしれない。そう思って訊いた。

「一ノ池？」

「植物園で、二ノ池、三ノ池はあるのに、なんで一ノ池がないんだろう、っていう話になって……」

「一ノ池ねえ。このへんのことはそれなりに知ってると思うけど、たしかに一ノ池っていうのは聞いたことがないなあ」

ノムさんは首をひねった。

月曜の朝、いきなり玄関ホールで石塚くんと出くわした。

身体じゅうからいらいらのオーラが出ている。服があちこち汚れていて、よく見ると、目のまわりにアザまであった。

「落ちたんです」

こちらがなにもきかないうちに石塚くんは言った。

「え？」

「ホームでね、タバコ吸ってる人がいて、注意したんですよ。そしたら急に殴りかかって来て、よけようとして線路に落ちたんです」

「そんな、危ない……。大丈夫でした？」

「大丈夫なわけないでしょう？　傷が見えないんですか？」

「あ、いえ、落ちたところに電車が来たりしたら、と思って……」

「轢《ひ》かれてたらここにはいませんよ。まったく、あいつ、なんなんだよ、いったい。駅構内は禁煙だって大きく書いてあるのに」

「どんな人だったんですか？」

「短髪に黒服だったから、ヤクザかなんかかもね」

なんでそんな人に注意しちゃうんだろう。言葉を失った。

「とにかく僕はタバコが大嫌いなの。公共の場所でタバコ吸ってる人がいると、我慢ならないの」

でも、それは無謀なのでは、と言いそうになったが、こらえた。

「そういうわけで、僕は今日はすごく機嫌が悪いから。注意してくださいよ」

注意してくださいって？　唖然《あぜん》としているうちに石塚くんは地下におりていってしまった。

考えてみれば、そのとき言われたことを守って、注意しておけばよかったのだ。つまり、その日は石塚くんのいる場所の半径三メートル以内にはいらないようにしておくべきだった。

夕方、仕事を終えて大部屋に行くと、石塚くんが大机に突っ伏していた。寝てるのかな、と思った。そのまま部屋を出ればよかったのに、そのときは疲れていて、休みたかった。それでお茶をいれた。

「なんでですか」

石塚くんと対角になるように大机に座ってお茶を飲んでいると、突然声がした。

「え？」

見ると、石塚くんがむっくりと顔をあげて、こっちを見ていた。

「なんでお茶いれるとき、僕の分はいれてくれないんですか？」

「え、と、眠ってるのかな、と思って……」

「眠ってなんかいませんよ。だいたい、僕は机に突っ伏した姿勢では寝られない体質なんです。寝るなら院生部屋の簡易ベッドで寝ますよ」

そんなの、知るわけないじゃないか。なんだか泣きそうになる。

「大島さん、僕のこと避けてるでしょう？」

石塚くんがわたしをぎろっとにらむ。

「お茶だって、苫教授や小菊ちゃんがいるときには、いっしょにいれてるじゃないですか。どうして僕のときだけいれてくれないんですか？」

「だから、眠ってるのかと……」

「声くらいかければいいでしょう？」

「すみません」

寝ているときに声をかけたら不機嫌になるのでは、とも思ったが、なぜか勢いに圧《お》されて謝ってしまった。

でもそれでは終わらなかった。むしろそれがはじまりだったのだ。そこからえんえん石塚くんの文句を聞かされる羽目になった。

要は、わたしが石塚くんを嫌っている、というのだ。あのときも無視した、このときも無視した、としつこく言われ、悲鳴をあげそうになった。

「もう、いいですよ、別に」

わたしがうまく答えられないでいるうちに、石塚くんはぷいっと暗い顔のまま外に出て行ってしまった。

ばたんと大きな音を立ててドアが閉まり、部屋のなかがしんとした。胃のあたりがぎゅっとつかまれたみたいに苦しかった。


次の日、石塚くんは植物園に姿を現さなかった。地方の大学で行われる研究会に参加するために出かけたらしい。研究会は週末まで続くから、来週までここには来ないですよ、と小菊ちゃんが言っていた。

夕方、苦教授のところに日下さんが資料を取りに来た。帰りがいっしょになり、夕食でも、という話になった。日下さんが二ノ池公園の近くに新しくできた沖縄料理の店がなかなかおいしかったと言うので、行ってみることにした。

「ところでさ、どうしたの、今日は。ずいぶんと凹んでるじゃない」

日下さんがフーチャンプルーをつつきながら、訊いてきた。

「なんでわかるんですか？」

「そりゃ、わかるよ、顔に出てるもん、ありありと」

嘘、と思った。出してないつもりだったのに。

「実はですね、昨日……」

わたしは昨日の石塚くんとの事件を話した。いつのまにか、標本室の掃除の一件にまで、話はさかのぼっていた。

「そうかあ、大島さんは石塚くんが苦手なんだなあ」

聞き終わると、日下さんは笑った。

「別に苦手ってわけじゃ……」

あわてて否定する。

「いやいや、苦手なんだよ」

日下さんが言い切る。

「そんなこと、ないと思いますけど……」

「大島さんは変なところが強情だよね。いいじゃない、苦手なら苦手で。虫が好かない相手ってだれにでもいるだろうし」

「うーん、でも、別に悪い子じゃないと思うんです」

「けど、嫌なんでしょ？　善悪の問題じゃなくて、好き嫌いの問題。ほかの人から見てふつうの人でも、自分から見たら嫌。よくあることだよ」

「それはそうなんですけど」

「たぶんね、石塚くんが言ってることは当たってるんだよ。大島さんは正直だから、石塚くんを煙たがっているのが態度にも出てる。石塚くんの方もそれになんとなく気づいてた、ってことなんじゃない？」

そうなのか。さっき憂鬱を見破られたことを思い出し、言い返せなくなった。

「たしかに、石塚くんは不安定だし、ちょっと失礼なとこもあるよね。でも、それはだれに対してでも、でしょ？」

「それはわかりますよ」

「なんか言われても、失礼なやつ、って思っておけばいいんじゃないの？」

「そうなんですけど……」

もごもごと口ごもった。

「問題は、石塚くんが苦手な自分を認められないこと。なんでなんだろうね。いいじゃないか、人間なんだから、嫌いな人や苦手な人がいたって。認められないのは、それを認めると自分にとって都合が悪いからなんじゃない？」

ぎくっとした。

「石塚くんになにか言われたんじゃないの？　大島さんの仕事のこととか。大島さん自身に対する文句とかさ」

「文句ですか？　そんなことは……。あ、でも……」

「なに？」

「石塚くんに『なんで標本整理みたいな下積み仕事をしてるんですか』って言われたことがあるんです」

そう言ってはっとした。なぜ言い忘れてたんだろう。あれがいちばん打撃だったのに。いや、忘れたんじゃない。忘れたかったんだ。

憂鬱がはじまったのもあのころからかもしれない。どんどん記憶がよみがえってくる。廊下で石塚くんの姿を見かけると、避けて出会わないようにしていたし、石塚くんがいるから大部屋にはいるのをやめたことが何度もあった。

「そんなこと言われたのか。それはちょっと傷つくね。でも、あの標本整理の仕事はけっこう重要なんだよ。前に苫教授が言ってた。いまのご時世ではこういう仕事にはなかなか予算が取れない。でも植物の姿を残すのは大事なことだから、自分の研究費を使ってやるしかない、って。それだけ教授が大切にしてる仕事なんだよ」

「そうなんですか」

「うん。大島さんのこともほめてたよ。仕事がていねいで、のみこみが早いって」

そう言われて、少しほっとした。

「石塚くんはまだ院生だからなあ。たぶん、石塚くん自身に悩みや迷いがあって、それがそのまま外に出ちゃってるんだと思うけど」

「悩みや迷い?」

石塚くんにもそんなものがあるのか。

「うん。見てるとなんとなくわかる。彼はまじめなんだよ。自分のやってることが世の中の役に立つのか、意味があるのか、確信が持てないんだ。それでいらいらしている。大学で研究していれば論文は書けるかもしれないけど、自分の人生、それでいいのか、って迷ってるんじゃないかな。なのに大島さんはなんの迷いもなく標本を作っている。それでついそんなふうに言ってしまった」

日下さんの言葉にはっとした。そうなのか。少しわかるような気がした。

「そうかもしれません。わたしも石塚くんに言われて、思ってたんです。いまの生活は快適だけど、もしかしたら自己満足なんじゃないか、って」

「なんで？」

日下さんがちょっとほほえむ。

「会社を辞めてここに越してきて、植物園に勤めて、休みの日は好きな刺繡をして……。ほんとに充実した毎日だったんです。でも、そんなの、ほかの人から見たらなんの意味もないですよね。どこにも行き着く場所がない。下積み以下です」

「大島さんもまじめだねえ。まあ、たいていどんなことでも結局は自己満足なんじゃないかとも思うけど」

日下さんがははは、と笑った。

「でも、学問は自己満足じゃないですよね。少なくとも石塚くんは学問に携わっているんだから、ちゃんとよりどころがあるわけで」

「たしかに学問は自己満足じゃない。歴史を超えて多くの人が志を共有しているから。けど、大島さんは研究者じゃないし、研究者になりたいわけでもないんでしょ？」

「それはそうですけど……」

日下さんの言う通りだ。別に研究者になりたいわけじゃない。でもなぜだろう。いまの自分の在り方に納得がいかなかった。

日下さんは少し笑って目をそらし、窓の方を見た。

「大島さんは基本的に自分の世界を持ってるタイプの人だと思うんだよね」

外を見たまま、ぼそっと言った。

「自分の世界?」

「自分のまわりの世界を自分なりの方法で手を動かしてつなぎとめていく、そういう生き方だってありだと思うよ」

わたしの方を見て、いつになくまじめな顔で言う。なんと答えたらいいかわからず、じっと黙った。

自分なりの方法? 刺繍のことだろうか。

「大島さんは大島さんのやり方で、自分の世界を作ればいい。問題があるとすれば……」

日下さんはそこでちょっと言葉を止めた。

「あれがどこにもつながってない、ってことじゃないかな」

「あれって、刺繍のことですか?」

「そう」

「つながる、って?」

「あんなにいい作品なのに、だれも見てない」

言われてはっとした。たしかに、これまで見せたのは母と日下さんだけ。

「作品っていうのは、ほかの人に見てもらうことで成り立つんだよ。しまっておくだけだったら、たしかに自己満足だ」

あたりまえだけど、その通りだと思った。日下さんの顔をじっと見る。仕事で描いている植物のイラスト。個展で見た陶芸。きっとこの人も自分の世界を持っている人なんだろう。でも、それをきちんと仕事にしている。
「刺繍だって立派な工芸だよ。大島さんのステッチだって、オリジナルかもしれないけど、先人の編み出したステッチがあって生まれたものでしょう？　歴史はちゃんとあるんだよ。ただ、まだ世界につながってない。だから不安になるんじゃないの？　つまり、足りないのは作品を世に送り出す回路」

つながり。その言葉に心が揺れた。

金曜日、刺繍をする気にはなれず、ふらふらと散歩に出た。日下さんに言われたことを思いかえしながら、いつのまにか、この前見かけたあの洋館つきの古い家の前まで来ていた。

先週と同じように門からなかをのぞく。ああ、やっぱりきれいだなあ、としみじみ思った。

「どなたですか？」

急に声が聞こえて、ぎょっとした。声、しかも、なかからだ。家のなか。

ここって空き家だったんじゃ……？

どぎまぎしていると、玄関からぬっと人が出てきた。

「あ、あの、すみません」

頭を下げて、出てきた人に謝った。男の人だった。年はわたしよりちょっと上くらいだろうか。日に焼けていて、スポーツマンタイプ、という感じだ。

「あの、すいません。空き家だと思っていて」

「空き家ですよ」

男はぶっきらぼうに答えた。

「ええと、いえ、前から素敵な家だな、と思っていて……」

あれ？　いま、この人、ここは空き家だって言った？　じゃあ、この人は？　この家でなにしてるの？

「ええと、あなたは？」

わたしが訊くより早く、彼の方が訊いてきた。

「わたしは大島と言います。実は、この家の離れだった建物に住んでいて」

「離れに？　じゃあ、どうしてもあの家に住みたいって言った人？　そうかあ」

彼はとたんにうれしそうな顔になった。でも、なんでそんなこと知ってるんだ？

「ええと、あなたは？　この家の人じゃないんですよね」

「そうだよ。ここ、空き家だもの」

「じゃあ、どうして？」

「俺は、そうね、関係者、ってとこかな。もう持ち主が亡くなったんで、俺のとこが管理してるってわけ」

「ということは、うちの大家さん？」

「正確に言うと大家は親父。俺、ナカヤマって言います。ナカヤマ、トビオ」

「トビオ？」

「『飛ぶ』に『生きる』でトビオ。いい名前でしょ？」

どう答えたらいいかわからず、愛想笑いをした。

「ほんとにすみません。ここが母屋だって知らずに、この前偶然見つけて、すごく素敵な建物で……。ええと、庭も。ほんとにきれい。それで、もう一度見たくて。すいません、失礼だとは思ってたんですけど」

「いい庭でしょ？」

中山さんは、庭をふりかえって得意そうに言った。

「つまり、あなたは、この庭のファンってこと？」

ファン？　中山さんの突飛な表現に面食らう。

「そう……ですね」

戸惑いながら答える。

「じゃあ、特別になかを案内しますよ。家の方はかなりぼろいのであれなんですけど、庭だけでも」

「え、ほんとですか？」

うれしくて、気持ちが舞いあがった。

「いやあ、うれしいなあ。ファンができるなんて……」

ファンって？　ちょっと変わってるなあ、この人も。

「さあ、どうぞ」

中山さんが門を開く。そうっとなかにはいった。

うつくしかった。想像よりさらに。

「小さいけど、ちゃんと庭をめぐって楽しめるように設計されている。次々に別の世界を見せるように計算しているから、見所の前にはわざと木立を作ったりね。うまくできてますよ」

コブシ、サクラ、ツツジ、アジサイ。藤棚や竹林もある。どの季節でも楽しめるように工夫されているのだろう。庭というのは、ひとつの世界なんだ、と思った。

奥には高い木が多かった。冬なので葉はない。裸の枝が真っ青な空に伸びている。遠い。木ってすごい。あんなに高くまで水を吸いあげるんだから。

ここに雪が降ったらどうなるだろう。小径も木も小山も白くなって、まったく別のうつくしさだろう。ほんわりと芽吹く葉。新緑。生い茂る緑。色づく葉。さまざまな季節の木たちが、頭のなかをめぐっていく。

「ここの木たちは、むかしからこのあたりに生息していたと思われるものばかりなんですね。もちろん手を入れてはいますけど、むかしの世界を再現してるような場所なんですよ」

「きれいですね」

ため息をつきながら答える。

「ここから見る建物がまたいいでしょう?　洋館もいいけど、母屋もすばらしい」

「ほんとですね」

たしかに趣のある建物だ。組子のガラス戸に、凝ったデザインの格子の障子。あちこちに手のこんだ細工が施されている。

「あれは？」

母屋の奥の二階に、まん丸い窓があった。直径一メートルくらいだろうか。

「丸窓ね。崖の下の風景を見おろすためにつけてたんじゃないかな。建てたのが華道の先生だから、なにもかも気が利いている」

「そうですね」

家を見ながらうなずいた。

「ほんとは、崖の下の離れ、つまりいま大島さんが住んでいる小さな家ですね、あそこはむかし茶室だったんですよ。家の主が晩年身体を壊して、しずかに暮らすためにいまの建物に作り直したとか」

茶室だったのか。大きさを考え、なるほど、と思った。

「もともとは崖に母屋と行き来する細いくねくねした道があったそうです。離れだけ人に貸すようになったときにつぶしてしまったみたいですが。緑に囲まれた坂をくだるうちに、だんだん離れが見えてくる。素敵でしょう？　不思議なのは、これほどの庭なのに池がないこと」

「池がない？」

「ふつう、こういう庭だったら池があるじゃないですか。それがないんです。あったのはイチノイケだけ」

一ノ池？　でも、いま池はなかった、って……。

「ええと、池はなかったんですよね。一ノ池って……？」

「ああ、すみません、一ノ池は池じゃないんです。井戸だったんですよ」

「井戸？」

「むかしは池があったっていう言い伝えもあるみたいですけど……。一ノ池、二ノ池、三ノ池って順番にならんでいた、とか。でも、それは大むかしの話で、記録もない。大正時代この家を建てたときにはもう井戸になってたんだそうです。でも、名前だけはそのまま、一ノ池って呼んでた」

一ノ池は井戸だった……。でも、存在していたのだ。この家に。

「その井戸って、どこにあったんですか」

「離れの入口のすぐ横だったらしいですよ」

「ええっ？」

驚いて、訊きかえす。離れの入口の横？　つまり、わたしの家の玄関の横、ってこと？

「離れを人に貸すことにしたとき、土台を取り払ったらしいんです。穴はそのままらしいですけど、子どもが落ちたりしないようにしっかり蓋をして」

そういえばたしかにある。玄関の横に変な四角い板みたいなものが……。

家を借りたときは真夏で、草が生い茂っていたからわからなかったが、冬になって出てきたのだ。土がなぜかそこだけ四角く盛りあがっていて、なんだろうと思ってよく見ると、なにか四角いものがあるのがわかった。あれが、井戸の蓋？

「俺もこの庭がすごく気に入っててね。家や生け垣は放ったらかしだけど、庭だけはときどき来て手入れしてるんですよ。あ、俺、実はこういうもので」

ナカヤマさんはそう言って名刺を差し出した。そこには「ランドスケープ・アーキテクト　中山飛生」と書かれていた。

「簡単に言うと庭師みたいなもんです。もしまたこの庭が見たくなったら、いつでもここに連絡ください」

中山さんはにっこり笑った。

たしかに、蓋だった。

家に帰って乾いた土をはらうと、大きな木の板のようなものが出て来た。簡単には動かせないように、ということなのだろう、四隅が縄で杭に結びつけられている。

これが、一ノ池……。

杭に結ばれた縄をほどこうとしたが、古くなっていて、なかなか取れない。といって、太くて切ることもむずかしそうだ。うんうんうなりながら、結び目をほぐす。全部ほどけるまでずいぶん時間がかかった。手も服も土まみれで、冷えた指先が痛んだ。

「うーん」

力一杯両手で押す。最初は無理かと思ったが、いったん動くと、ずるずるとずれた。蓋の下には大きな穴があった。石組みになっている。なかから土のような湿った匂いがした。

深く暗い穴に首を突っこむ。しんとして、ひんやりして、吸いこまれてしまいそうになる。少し恐い。井戸の底がどこか遠い世界につながっているような……。

そう思った瞬間、目の前に白いものがよぎった。

紙だった。白い紙がひらひらと井戸のなかに落ちてゆく。はっと顔をあげると女の子が立っていた。制服を着た女の子。この子、どこかで、と思ったとたん、うしろを向き、走り去っていった。

「あ、あの子」

急に思い出した。あの子、夢で見た子だ。

ここに越して来た日。夢のなかで、あの子を追いかけて池に行った。

そして次の日起きてから、三ノ池植物園を見つけ、池にたどり着いた。夢で見たのとそっくりの池に。

よく考えたら、夢のなかで最初にあの子がいた原っぱは、うちの前にあるあの原っぱだ。あの原っぱを見ていたから夢にも出てきたんだろう。でも、三ノ池は？　あのときはまだ三ノ池植物園も、なかにある池のことも知らなかったはずなのに……。

もう一度目を凝らして、井戸のなかを見つめた。そのとき、下の方でなにかがきらっとした。小さい鏡のように。

水？

涸れてなかったんだ。遠い底の方にかすかに水が残っていた。

その水に、小さな空と、わたしの顔が映っている。

池。この井戸が池と呼ばれていた。

そのとき思いついた。この家は崖のふもとで、向こうの原っぱより少しだけ高い位置にある。ここに水が湧いていたのだとすると、水は多分あの原っぱにたまる。つまり、あの原っぱが池だったのかもしれない。

水源の湧水量が減り、池は涸れ、原っぱになった。

一ノ池はあったのだ。しかもわたしの家の目の前に。まさかこんな近くにあるとは。嘘みたいだ、と思いながら蓋を閉めた。

月曜日の夕方、大部屋に行くと石塚くんがいた。苫教授と小菊ちゃんと三人で楽しそうに話している。

「あの」

この前のことがあるのでちょっとためらったが、思い切って声をかけた。

「なに？」

苫教授がふりかえる。

「あの、ですね、実は、一ノ池を……見つけたみたいなんです」

「え？　ほんと？」

教授が驚いたように言った。

「はい。ただ、いまの一ノ池は池じゃありませんでした」

「池じゃない？」

みんなが顔を見合わせる。

「井戸だったんです。むかしは池があったっていう言い伝えもあるらしいんですけど、いつのまにか水が湧かなくなって、大正時代には井戸になった。その井戸が一ノ池って呼ばれてたんだそうです」

「なるほど、井戸か。それは気づかなかったなあ。で、いまも使われてるの？」

石塚くんがうれしそうに言って、こっちを見た。この前のことはすっかり忘れてしまったのか。それとも最初からこっちが考えるほど気にしてなかったのか。

「いいえ。ずいぶん前に蓋をされていました」

「それ、どこにあるの？」

教授が訊いてくる。

「実は、うちの……いまわたしが住んでいる家の、庭にあったんです」

「ええっ？」

小菊ちゃんが高い声を出した。

「わたし、二ノ池公園の向こうの、古い一軒家に住んでるんですけど……」

「二ノ池公園の向こうって、あの原っぱがあるところ？」

石塚くんがすぐに訊きかえしてくる。

「そうです。原っぱのすぐ向こう側。縁側から見ると目の前が原っぱです」

「なるほど、あそこか。あんなとこに住んでるんだ」

石塚くんがうなずく。どうやら場所を知っているらしい。

「その家の玄関の横にあったんです。この前大家さんから話を聞いて……」

「それはすごい偶然だわね」

苦教授が目を丸くする。

「木の板みたいなものがあるなあ、とは思ってたんですけど。でも、古かったし、土もかぶってたし、それが井戸の蓋だなんて、思いもしませんでした」

「でも、やっぱりあったんですね。あそこなら地形的に水が湧いてもおかしくない」

「それで、思ったんです。わたしの家の前には大きな原っぱがあるんです。そこはうちの庭より少し低くなってて……」

そう言いかけると、石塚くんが身を乗り出した。

「わかった、つまりその原っぱが一ノ池だったんじゃないか、ってことですね」

わたしの方を見て言った。

「え、ええ、そうなんです。むかしは井戸のあったところから水が湧いて、いまの原っぱのあたりに溜まっていたんじゃないか、と」

「ありえますよ、大島さん、でしたっけ？　なかなか勘がいいですね」

石塚くんがうれしそうに言う。

「すごい。まぼろしの一ノ池発見ですね。今度大学の図書館に行ったとき、古い地図を探してみようかな」

小菊ちゃんが言った。

まぼろしの一ノ池……？　そのときはっと思った。

わたしの家の縁側から見ると、原っぱは目の前だ。茶室が同じ位置にあったんだとしたら、やはりあの原っぱが目の前に見えたはず。

中山さんはなんで池を作らなかったのか、って言ってたけど、あの家を造った人は、原っぱを心のなかで池に見立てていたのかもしれない。わざと人工の池を作らず、原っぱを見て、なくなった池を偲《しの》んでいたのかも。

「なんか神秘的でいいですね。古い井戸。素敵」

小菊ちゃんがうっとり目を閉じる。

「井戸が神秘的かあ。若いなあ。もうあんまり使われなくなってたけど、わたしが子どものころはうちの方にはまだあちこちに井戸があったのよね。神秘的、っていうより、ちょっと怖いような感じがしたものよ」

苦教授が笑った。

「井戸が冥界に通じているっていう言い伝えもあって、むやみに井戸の底をのぞいちゃいけない、ってよく言われたし」

「『番町皿屋敷』とか、最近では『リング』とか、たしかに井戸って怪談向きですね」

なぜかうれしそうに小菊ちゃんが言う。

「そうそう。実は、井戸を開けたとき、不思議なことがあったんです」

思い出してわたしは言った。

「なになに？」

「幻覚だったんだと思いますけど。なかをのぞいてたらどこかから紙がひらひらっと落ちてきて、はっとして顔をあげたら、制服の女の子が立ってたんです。でも、すぐに姿が消えちゃって……」

「うわあーっ」

突然叫び声がした。見ると石塚くんが耳をふさいで立ち尽くしている。

「やめてくださいよ、僕、そういうの苦手なんです。井戸と女の子。考えただけでも……。うわあ、ダメだ」

頭を抱えて、石塚くんは部屋を飛び出していった。

「あれ？　ほんとにああいうの、ダメなんだ」

石塚くんのうしろ姿を見ながら教授が言った。

「まずかったでしょうか？」

「いいんじゃないの、たまには」

苦教授が笑った。

怖い話じゃなくて、神秘的な光景だったんだけど……。まあ、いいか。

「ほんとに繊細なんだなあ。あんまりいじめないようにしないと」

小菊ちゃんも笑った。わたしもつられて少し笑った。

4　星

目が覚める。カーテンを開けると低い空に雲が薄く広がって、ピンク色に染まっている。そして、上の方はまだ暗い青。その移り変わりが息を呑《の》むくらいうつくしい。恩寵《おんちょう》。そんな言葉が頭に浮かんだ。

今日は特別の日になる。なにかすばらしいことが起こるかも。

制服を着て、自分の部屋を出る。すぐに食堂には向かわず、ホールの横の洋館にはいった。玄関脇の塔のような洋館。なかは吹き抜けなので、天井がとても高い。わたしはこの部屋が好きだ。木の長椅子と机以外、なにも置かれていない。

壁のずっと上の方についた細長い小窓。そこから一筋、日の光が落ちていた。知らず知らず祈るように、光の筋の前にひざまずいた。

玄関ホールから食堂へ。廊下の窓から庭が見える。植物に彩られた日本庭園。これほどの庭はなかなかないですよ、とお客さまが来るといつも感心される。まるでひとつの宇宙のように完成されている、と言った外国人もいた。初春の木の芽。みずみずしい新緑。夏の木漏れ日。秋に色づく葉。四季折々の花。さやさやと揺れる竹。地面を覆うスギゴケ。住んでいるわたしでも、季節が変わるたびにはじめて見るように驚く。

敷地のなかに坂があるのがよいのだ。このあたりは坂が多い土地で、この家は斜面のうえに建っている。かなり急な斜面で、小さな崖といってもいい。崖の下には茶室があり、むかしは茶席が設けられたらしいが、いまはパパの弟子たちのアトリエとして使われていた。

食堂にはもうパパがいて、コーヒーを飲んでいた。無精髭《ひげ》がぼうぼうで、疲れた表情だ。徹夜明けなのだろう。昨日もアトリエで弟子たちと騒いでいたそうだから。

「おはようございます」

「ああ」

パパは答えるが、こちらは見ない。

台所からママがコーヒーを持って出てくる。少しだるそうな顔で、額に手をやった。

「今朝、杉崎さんが」

「あいつは、もういい」

ママがなにか言いかけたとたん、パパは短く言い切った。

「またなにかあったの？」

「昨日の夜も呼んでもいないのにやってきて……。いや、言ってもしょうがない。とにかく、あいつのことはもういい。昨日、本人にもはっきりそう言った」

「でも、うちまで来て、一度お目にかかって謝りたい、って」

「謝る？ なにを？ どうせ謝るんじゃなくて、言い訳をするだけだろう。あいつはここにいる資格がない」

パパが声を荒らげる。ママは黙った。

家政婦の浅見さんが玉子焼きとスープを運んでくる。玉子とキャベツのスープだ。湯気がゆらゆらのぼって、いい匂いがする。

「ああ、葉《よう》。いたのか」

パパがいま気づいたように言った。さっきあいさつしたのに。いつものことではあるけれど。

「どうだ、学校の方は。楽しくやってるか？」

「はい」

「生徒会活動も熱心にやってるそうだな。でも、お嬢さま学校に飼い馴《な》らされるなよ。学校に期待するな。教師なんて真面目なだけで、自分ではなにもできない連中だ」

黙ってうなずく。

「さて、じゃあ、寝るか」

パパはコーヒーカップを置き、部屋を出て行った。

パパは書家だ。村上紀重。本名は「のりしげ」と読むのだけれど、書家としては「きじゅう」と名乗っている。

大きな紙に漢字一文字だけを書く。パパの作品はいつもそうだった。完璧に均整が取れ、文字の純粋な姿が形になって現れたような文字。ヨーロッパの美術館にも収蔵され、『沈黙の文字』と称されている。

村上の書は文字のなかに潜む記憶を掘り起こす、村上の書く文字はそれひとつが世界である、文字の物質性を際立たせた作品、などと絶賛されているのだそうだ。

書のことなど知らないクラスメイトでも、パパの名前は知っている。新聞や雑誌でもよく取りあげられているからだ。それはパパの言動によるところも大きかった。

パパのふるまいは派手だった。豪快な話し方。縛られない自由な生き方。天才。野生児。そう呼ばれていた。熱く輝く星のような存在で、パパのいる場所はいつもはなやかだった。

だが、書の世界では評判が悪かった。村上の作品は書としては平凡、とか、魂がこもっていないから書とは呼べない、村上は書というものを知らない欧米人を騙《だま》すペテン師だ、などと言われていた。

そういう評を目にするたびに、パパは、どれもくだらない嫉妬だと言った。新聞記者も批評家も美術館の人も大嫌いで、周囲とのケンカが絶えなかった。

でも、そういうところも、若者を熱狂させるらしい。パパは弟子を取る気はなかった。必要ないと思っていた。それでも、弟子入りしたいという若者が次から次にやってきた。弟子といっても、たいていは、はなやかな雰囲気に魅了されてきただけで、書を学ぶ気なんてなかった。パパのそばにいるだけで満足してしまう。

だが、パパは滅多に人をほめない。教える気もない。ほとんどの人がその沈黙に耐えられず、去っていった。長く残っているのは古株の坂田さんを含め、三人だけだ。それでも、すぐにまた新しい人がやってくる。入れ替わりは激しいが、いつもたくさん取り巻きの若者がいて、まわりからは村上塾と呼ばれていた。

パパは自分の書に向かうときは、母屋の奥の部屋に行く。庭に面した丸窓のある部屋だ。弟子たちをそこに入れることはなかった。弟子たちとは崖の下のアトリエで飲んだり騒いだりするだけだった。

杉崎さんも弟子のひとりで、いちばん若い。ときどきパパが、あいつはいい気になりすぎている、と苦々しい口調で言っていたのを思い出した。

パパは会わないと言ったら、相手がどんなに懇願しても絶対に会わない。なにをしたのかわからないが、杉崎さんももう二度とアトリエに足を踏み入れることはできないだろう。

「行ってきます」

コートを着て外に出る。身体がぶるっとふるえた。庭のなかの崖をおり、裏口から外に出る。

原っぱを過ぎると二ノ池公園だ。白い息がふわっと広がって消える。いまは冬だから、木たちに葉はまったくない。茶色い枝だけが空に突き出ている。その乾いた色合いがうつくしい。

葉のない枝が美しく見えるのは、わたしたちが葉がある枝を知っているからだ。いつだったか、友子《ともこ》がそう言っていたのを思い出した。友子とは、入学してすぐ席がとなりになった。弓道部に所属し、人を頼らないしっかりした性格で、話が合った。

――冬の木ってきれいよね。葉の茂った木もきれいだけど、裸の木も潔くて、きれいだと思う。

二ノ池公園の冬の並木を見ながら、わたしはそう言った。

――わたしも冬の木は好きよ。葉のない枝がうつくしく見えるのは、葉があるときを知っているからじゃないかしら。裸の枝に、まぼろしの葉を見てる。だからうつくしい。

反論はしなかったけれど、わたしは、そうじゃない気がした。裸の枝のすべすべした肌。そのものがうつくしい。葉があるあいだは見えない、木のもっと核に近いもの。それが冬になると突然目の前に現れる。それ自体が驚きで、だからうつくしいと思うのではないか。

――『ことのは』って言葉を知っているかい？

子どもだったころ、パパがわたしにそう訊《き》いた。わたしは首を横に振った。

――言葉は、『言』の『葉』って書くだろう。

――ことのは。

わたしは口のなかで唱えてみる。

――言葉は、葉っぱなんだよ。葉、お前の名前はね、そこからつけたんだ。葉。この世界にあるすべての葉っぱ、わたしはその一枚なのだ。数え切れないほど多くの葉、毎年芽吹き、色づき、落ちていくだけの葉。そのなかの一枚。そのことを思うたび、どうしようもないさびしさを感じる。

書とは文字の影を垣間見《かいまみ》ること。書について語るとき、パパはいつもそう言った。わたしは影が世界に姿を現すとき通る路《みち》にすぎない、と。通路。たしかに、パパの書く文字は純粋で、パパの匂いはまったくしない。パパは、文字に身体を明け渡してしまったのだ。おそろしいことだ。

弟子のなかでいちばん古株の坂田さんは、人生経験によって書に深みが出る、と言うけれども、パパの書はそういうものじゃない。そんなものとは比べられないほど巨大なものが、あそこには潜んでいる。

わたしはパパから書を習っている。直接パパから書を学んでいる、世界でただひとりの存在だ。それはすばらしい幸運だ、と坂田さんは言う。けれども、わからない。ほんとうに幸運なのか。わたしにとってパパは空みたいな存在だ。決して超えることができない。その下で生きるのがわたしの運命なのだ。

わたしの通う学校は、三ノ池植物園の向こうの私立星明《せいめい》学園。中高一貫の女子校だ。去年の春入学して、いまは三学期のはじめ。

二学期の選挙で選ばれて、わたしは生徒会の副会長になった。中高の生徒がいっしょに作る生徒会で、役員はほとんど高校生。副会長と書記は、中等部からもひとり選ばれることになっているが、中一で副会長になったのははじめてだ、と言われた。

生徒会長の鳥越理子《とりごえたかこ》先輩、高等部副会長の三輪梢《みわこずえ》先輩、書記の檜山照美《ひやまてるみ》先輩は、校内で知らない人のない才人トリオだ。

背が高く、外国人のような顔立ちの三輪先輩は、語学が達者で、大学は留学を考えている。将来はお父さまの会社を継ぐことになっているらしい。

檜山先輩は、ちょっと吉永小百合《さゆり》に似た美人で、文才があり、高校生にして、たくさんの雑誌の投稿欄に詩が取りあげられていた。

鳥越先輩はとりわけすばらしい人だった。生徒会長で弓道部主将。細面できりっとした顔立ち。黒く長い髪をうしろでひとつに結び、いつも凛《りん》としていた。彼女が低く落ち着いた声で話しだすと、だれでもはっとして耳を傾ける。学校じゅうの憧れの的だった。

学校はじまって以来の秀才。口にする言葉は短くてもいつも核心を突いていた。ほかの人より一歩も二歩も先を行っている。だからこそ説得力があり、一言でみんなを納得させてしまう。

法学部を目指しているという話だったから、政治家になるかもしれない。女性の政治家。女性の大臣になったりして、などと噂する人もいた。

鳥越先輩たちと出会って、女性でもリーダーになれるのだと確信した。

学校のなかはまだ暗く、しんとしていた。いつもより早く着いてしまった。もしかしたら一番乗りかもしれない。靴を脱ぐ。床に足を置く瞬間がとても怖い。床がとても冷たいからだ。きーんと冷たくて、身体の芯を刺してくる。爪先立ちで下駄《げた》箱に急ぎ、上履きを出す。

教室にはいると、電気もつけず、ストーブのところに行った。カバンを横に置いて、コートは着たまま。ストーブのつまみをひねり、火をいれる。ここでちょっと待つのがコツ。そうしないとうまく点火しない。

やがてぱちぱちと音がして、赤い火が揺れはじめた。

社会科の時間、梅崎《うめざき》先生が、先ごろ完成した黒部《くろべ》ダムの話の途中で、石川達三《たつぞう》の『日蔭《ひかげ》の村』という小説の話をされた。小河内《おごうち》ダム建設にあたって水没することになった村の人々について書かれた作品らしい。

もしわたしたちの住んでいるこの場所が水に沈んだら……。話を聞いているうちに、わたしの心はいつのまにか勝手に先生の話から離れ、水に沈んだ風景を想像していた。家も、道も、学校も、青い水の底で揺れている。青く揺れる建物。青く揺れる百葉箱《ひゃくようばこ》、鉄棒、電柱、プール。青い青い世界。

そのとき突然、教室の前の戸が音を立てて開いた。担任の佐倉《さくら》先生が、梅崎先生を手招きする。梅崎先生は、わたしたちに、ちょっと待ってくださいね、と言って、廊下に出た。

「村上さん」

教室に戻って来た梅崎先生が言った。

「はい」

少し驚いて、わたしは答える。

「佐倉先生について、職員室に行ってください。お父さまが倒れられたそうです」

一瞬意味がわからず、なにも聞こえなくなる。

「すぐに迎えの車が来るそうですから、それに乗って病院に……。村上さん？　どうしたの？　大丈夫？」

先生の声が遠のく。身体ががたがたふるえて、止まらない。佐倉先生が教室にはいってきて、行きましょう、とわたしの肩を抱こうとした。

「大丈夫です」

はねのけるように、さっと歩き出した。


パパは手術中で、待合室にはママと坂田さんがいた。泣いていて要領を得ないママの代わりに、坂田さんが状況を説明してくれた。

アトリエに向かう途中だったのだろう、パパは崖の小道に倒れていたらしい。それきり意識が戻らない。

パパがもし死んでしまったら。身体ががくがくふるえた。

夜になって、手術室から人が出てきた。

「命は取り留めました」

お医者さまは険しい顔でそう言った。ほっとしたのか、ママはその場に泣き崩れた。

「ただ、意識がまだ戻りません。脳梗塞《こうそく》です。しばらく様子を見ないと」

移動ベッドにのせられたパパが運ばれてゆく。目を閉じたままぴくりとも動かなかった。

その夜、パパの意識は戻らなかった。ママは付き添いで病院に泊まることになり、わたしは坂田さんに連れられて、家に戻った。横たわったが、全然眠れない。暗いなかにひとりでいると、悪いことばかり考えてしまう。こんなことならわたしも病院に泊まればよかった。

少しずつ外があかるくなってくる。白んだ空をカラスが飛んでいくのが見える。朝だ。空の光がうれしかった。

今日はパパの目が覚めるかもしれない。いや、もしかしたら、ママはわたしが寝ていると思って電話しないだけで、もう目覚めているのかも。

起きあがり、カーテンを開ける。

台所に行くと、浅見さんが座っていた。泊まりこんでくれていたのだ。

「おはようございます。病院からはまだなにも……」

浅見さんは寝ないで電話を待っていてくれたらしい。

「ええ、でも、もしかしたら、わたしが寝ていると思って電話しなかっただけなのかも。わたし、これから病院に行ってきます」

「そうですね。じゃあ、タクシーを呼びますから。その前に、少しでもなにか食べていってくださいね」

浅見さんはあたたかいスープを出してくれた。少しだけ喉を通る。身体がぽかぽかとあたたかくなった。

奥さまにこれを、と渡された弁当箱を持ち、わたしはやってきたタクシーに乗った。


パパは起きてなんかいなかった。昨日と同じ。身動きひとつしない。ママは疲れ切った顔で、パパのベッドにもたれかかっていた。

お昼過ぎ、中山さんがお見舞いにやってきた。中山さんは、パパの大学時代からの親友で、大学で文字の研究をしている先生だ。

パパも弟子たちより話が合うらしく、中山さんが訪ねてくると、いつも夜遅くまで話している。文字についてとてもくわしく、話していると勉強になる、と言っていた。パパの書のことをだれよりも理解している人だとわたしも思っていた。

「薫子《かおるこ》さん、まったく寝てないんでしょう？　それでは身体がもたないですよ」

中山さんはパパの状況を聞いたあと、ママに言った。

「でも……」

「あなたがここにいても、事態がよくなるわけじゃない。まだまだこういう状態が続くのかもしれないし、一度休んだ方がいい」

「そうだよ、わたしもここにいるし、なにかあったら連絡するから」

わたしもそう言った。

「そう？　じゃあ……」

わたしや坂田さんに言われても聞かなかったママがようやくうなずき、家に戻った。

結局、その日も次の日も学校を休み、病院にいた。でも、パパは目を覚まさなかった。

三日目の夜、友子から電話があった。

「お父さま、どう？」

「命は助かった、ってお医者さまはおっしゃってたけど、でも、意識はまだ……」

「クラスの子たちも心配してるよ」

「そう」

しばらく沈黙が続いた。学校……。鳥越先輩たちの顔が頭に浮かんだ。

「まだ、学校、来られそうにないね」

「いえ、行くわ」

わたしは即座に答えた。

「明日から学校に行くわ。まだ意識は戻らないけど、だんだん回復すると思うの。お医者さまもそう言っていたし。わたしがついていたからどうだってわけでもないじゃない？」

「そうだけど……」

「わたしは大丈夫。いつもと変わらないわ」

断ち切るように言って、受話器を置いた。

次の日、わたしは登校した。朝の集会で手を挙げて、パパのことを報告することにした。

「皆さん、心配してくれてありがとう。でも、もう大丈夫です。まだ意識は戻りませんが、お医者さまにも、徐々に回復するでしょう、と言われています」

ほんとうは、お医者さまにそんなことは言われていない。でも、そうやって言葉にしてみると、そうにちがいない気がしてきた。もうすぐだ。パパの意識はすぐ戻る。

「皆さんにもご心配おかけしたと思いますが、もう大丈夫です。これからはいつもと同じように学校に来ますので、よろしくお願いします」

ていた。

頭をさげると、ぱちぱちと拍手が起こった。

放課後は生徒会の会議にも顔を出した。先輩たちもみなパパのことを心配してくれていた。

「大丈夫です。治るのは時間の問題だと思います。それより、聞いてください、病院って、すごいんですよ。手術室なんてはじめてだったので、びっくりしました」

わたしは病院で見たお医者さまやさまざまな設備のことを夢中で話した。点滴の刺さったパパの腕を思い出したときだけなにを話しているのかわからなくなり、一瞬言葉が止まった。

「無理しない方がいいわ。村上さん自身も自分で思う以上に疲れてると思う。身内のことって、身体に応えるものよ」

檜山先輩が言った。

「今日は無理せずに帰った方がいいんじゃない？　病院にも寄るんでしょ？」

鳥越先輩もわたしの顔をじっと見た。

「いえ、病院は会議が終わってからでも大丈夫です。制服廃止運動には、わたしも意見があるんです」

「立派だわ、村上さん」

三輪先輩が微笑む。

「わかった。でも、無理しちゃダメよ」

鳥越先輩も渋々わたしの参加を認めた。

最近、生徒たちのあいだで、制服を廃止してほしいという声が高まっていた。三輪先輩が生徒総会でこの議題を取りあげて、学校側に働きかけてみてはどうか、と提案した。

廃止派は、制服は生徒の自主性を妨げるものだと言う。わたしはこの意見には疑問があった。自主性は大切だ。けれども、それと制服がどうつながるのか。服装なんて表面的なものにすぎない。自主性というのは、もっと精神的なものなのではないか。それに対して、三輪先輩は、服装が精神を決めることがないのなら、そもそも制服で規律をただすこともできない、と言った。無意味なものを着ていることこそナンセンス。すぐに廃止すべきだ、と言うのだ。

「ちょっと考えてみたの」

議論が詰まったところで、鳥越先輩が言った。

「村上さんの疑問は、『制服がある』っていうところからスタートしてるでしょ？　いまあるものをなくすのはよいことか否か、って。でも、それをいったんやめてみたらどうかしら？」

「どういうことですか？」

　わたしは訊いた。

「この運動の結果制服がなくなったら……。十年たってこの学校に入学した人たちにとっては、最初から制服はないのよね」

「そうですね」

「いまから十年後の、制服のあるこの学校と、制服のないこの学校のことを想像してみましょうよ。どちらが魅力的か。それを純粋に考えてみる」

「アメリカの高校には制服なんかないのよ。授業の取り方や部活も、大学みたいな雰囲気なんですって」

　三輪先輩が言った。私服の学校。たしかに自由な気がする。自由で、活気がある。この学校の真っ黒な制服が生徒たちをおとなしく従順にさせているのだとしたら……？　パパなら制服なんて無意味だとただちに言うだろう。

「学校が制服を廃止する道を選ぶことはない。待っていてもいつまでもこの状態は変わらないってこと。だれかが一歩を踏み出さなければ、なにも動かない」

　鳥越先輩がみなの顔を見まわす。

「学校が与えてくれるものを待つだけなんて受け身すぎる。わたしたちがわたしたちのあり方について意見を言う、それが大事なことなんじゃないかと思うの」

三輪先輩が言った。

「わかりました。疑問は晴れました。廃止案、議題にするの、賛成します」

わたしは言った。だれも異論はなかった。制服廃止。わたしたちの手で、自由を勝ち取る。その言葉に心がときめいた。


会議が終わって学校を出る。もう暗くなっている。二ノ池駅を通り、商店街を抜けて、病院に向かった。

暗い、しずかな廊下。点滴を吊《つ》るした台を持った人がゆっくり歩いている。高揚した気分はすうっと萎え、現実に引き戻された。

病室の扉を開けると、ママが横の机に突っ伏していた。

パパは眠っている。ぐっすり眠っているだけに見える。でも、ちがうのだ。ため息をつく。いつまで続くのだろう、パパの眠りは。パパの顔から視線をそらし、暗い窓の外を見る。

そのとき、視線の隅でなにかが動いた。びくっとした。

いま、動いた。

頭でわかるより早く、目がパパの方に向いていた。ぴくん、とパパの指が動いた。

「パパ？」

わたしは小さな声で呼んだ。パパの眉間に少し皺《しわ》がより、目が開く。

「ママ」

横で寝ているママの肩を突く。

「ん？」

ママは苦しそうに目を開ける。

「パパの目が……パパの目が開いた」

「えっ？」

短く息を呑んで、ママが立ちあがる。目の開いたパパを見て、枕元に行った。

「パパ」

わたしもママのとなりに立ち、パパの顔を見おろした。

喜びは束の間だった。目は開いたけれども、パパはなにも喋《しゃべ》らなかったのだ。目もうつろで、わたしやママの顔を見てもなにも反応しない。

「もう少しくわしく検査してみないと、なんとも言えません」

お医者さまはそう言った。

「何日かたつと自然と回復する場合もありますし……。後遺症が出る可能性も」

「後遺症？」

「身体に麻痺《まひ》が起こるとか」

「麻痺……」

ママの顔が青ざめる。

「足とか、手とか、身体のどこかが動かなくなるのです。あとは、記憶や言葉に影響が出ることもあります。もちろん、いまの時点ではなんとも言えないのですよ、もしかしたら数日で頭がはっきりして、元通りになるかもしれない」

結局なにもわからないってこと？　わたしは苛立《いらだ》ちを感じた。

「後遺症が残った場合は、いずれ治るんですか？」

おろおろしているママの横から口をはさんだ。

「それもなんとも……。場合によります」

またしてもはっきりしない返答だった。もし手に麻痺が残ったら……。どうなるんだろう？　書は？　筆を持つことはできるの？

「ともかく、もう少し様子をみてみないとなんとも言えません。これから少しずつ検査していきますので」

お医者さまははっきりしない口調で言って、去っていった。

しばらくたつと、パパの身体は少しずつ動くようになった。ママやわたしのこともわかるようになった。だが、ほとんど喋らない。口を開くと、呪文のようなわけのわからない言葉を発し、とまらなくなる。ママもわたしもなにが起こったのかわからず、ただおろおろした。

「失語症かもしれません」

お医者さまは険しい顔で言った。

「失語症？」

「言葉がわからなくなり、喋れなくなる。脳梗塞でときどき出る後遺症です」

「でも、声は出ていますよね？」

「ええ……」

お医者さまは少し言葉を濁した。

「耳も聞こえているし、声も出る。身体の機能ではなく、脳の問題なのです。言葉というものがわからなくなっている、と言いますか……。だから、喋れないだけでなく、聞くことも読むことも書くこともできません」

「聞くことも読むことも書くことも？」

ママは言われたことをぼんやりとくりかえした。

「説明がむずかしいですね。こういう場合、たいていは人やものを認識することはできているのです。鉛筆が鉛筆だということはわかる。だが、鉛筆という言葉に結びつかない」

「そんなことが？　いつ治るんですか？」

「しばらくたつと自然に回復する場合もあります。でも回復しない場合も……」

え、と言ったきり、ママはぼうっとしている。

「回復しない、って？」

わたしは訊いた。

「元通りになる人もいます。でも、残念ながら全然回復しない人もいるのです」

「回復しない場合、文字はどうなんですか？　書けるようになるんですか」

「言葉を思い出さなければ、書けません。でも、脳のことはむずかしいのです。しばらく様子をみてみないと」

身体から力が抜けた。ママを置いて、ひとりで廊下に出た。

言葉がわからない？　読み書きもできない？　それって、どういうこと？　もし元に戻らなかったら……。ふらふらと突きあたりまで歩いて、非常階段の踊り場に出た。薄曇りで、空は遠くまで白かった。

パパがわたしの肩を叩《たた》く。ママは夕食の食器を返しに行っていて、いなかった。パパは洗面所の方を必死に指さしている。洗面所つきの個室だから、部屋のなかにある。最近では、そこまでは支えられれば歩けるようになっていた。でも、看護婦には触れられたくないらしく、なんでもママに頼っている。

倒れてからもう一カ月以上たっていた。

「お手洗い？」

どうすればいいんだろう？　いつもママがしているから、わからない。

戸惑いながらパパを支え、立たせた。パパはそのあいだもいらいらしたように何度もわけのわからない声を発した。洗面所のドアにたどり着くと、わたしを突き飛ばし、ひとりでなかにはいろうとして、転んだ。

そこにママが帰ってきた。驚いて声をあげ、パパを抱え起こす。ふたりで洗面所にはいり、扉が閉まった。

このままずっとこうなのか。パパは自分の言っていることがなぜ通じないかもわからないようで、呪文のような言葉をくりかえすばかりだった。そんな姿を見るたびに、外に逃げ出したくなった。

洗面所のなかでどんどんという音がした。うわーっとパパが叫ぶ声がして、ごめんなさい、ごめんなさい、とママが何度も謝る声が聞こえた。

もうこんなの、いやだ。わたしは病室を飛び出した。

いつのまにか、二ノ池駅の近くの繁華街にいた。騒々しい声が響いていた。信号が赤になるのが見え、足を止めた。楽しそうなアベックや派手な服の女の人が通り過ぎていく。酔っぱらっているのか、肩を組んで大声で歌っている大学生らしい男の人たちもいた。

暗い路地を歩くと、あちこちの店から声が聞こえた。のぞくと、薄暗い店の、みすぼらしい椅子に座って、おじさんたちが酒を飲んでいる。商店街が昼間とはまったくちがう姿になっていた。いつもは閉まっているところしか見たことのない飲み屋やハリボテのような看板が、ネオンや街灯のせいで、お祭りの夜店のようだった。

色のついた電灯の前でぼんやり立ちつくす。蛍光灯のなかの一本が、古くなっているのだろう、不規則についたり消えたりしていた。その、ぱちぱち、じー、ちかっ、という明滅を見ていると、なぜかほっとした。

「ねえねえ」

そのとき、酒臭いおじさんがなにか話しかけてきた。

「なにしてるの？　危ないよ」

わたしの肩に手をかけて、にやにやっと笑った。

「やめてください」

わけもわからず突き飛ばした。おじさんはよろよろろっとして、どすんと倒れた。

怒鳴って立ちあがろうとするが、うまく立てない。手で頭を押さえている。一瞬身体がすくんだが、あわててばっと走り出した。

よろよろ歩く人たちをかきわけながら、商店街を全速力で走った。

「症状も落ち着きましたし、この病院にいてもこれ以上できることは……。家に戻られた方が落ち着かれるのではないですか。あとは通院にしましょう」

三カ月ほどたって、お医者さまからそう言われた。

「あの、言葉は……。まだきちんと話せないのですが、どうなるんでしょう？」

ママが不安そうに訊いた。

「お気の毒ですが……。これほど時間がたっても元に戻らないということは、回復しないと思った方がいいと思います」

お医者さまは渋い口調で言った。

「回復しない……？」

ママはぽかんとした。

「残念ですが、元通りになる可能性はかなり低いでしょう」

「じゃあ、一生このまま……？」

「いえ、そういうわけではありません。何度も言葉を言い聞かせたり、話す訓練をしていれば、ある程度は回復されるのではないかと」

ともかく、病院でできることはもうない、ということらしい。

パパは退院した。家のなかにパパがいる。だが、前とはまったく変わってしまった。ときおりわけのわからないことをぶつぶつつぶやくだけだが、ひどく上機嫌で、自分が病気だという自覚もないようなのだ。お医者さまから教えられた、人の言葉を復唱したり、写字をしたりという訓練にもさっぱりやる気を示さない。

もちろん、こんなパパを人前に出すことはできない。来客はすべて断り、家のなかはいつもひっそりしていた。


夏休み前の終業式の日、帰り際に佐倉先生に呼び出された。

「村上さん、昨日の夜、二ノ池商店街に行かなかった?」

面接室で向かい合わせに座ると、先生はそう訊いてきた。

「村上さんにかぎってまさかそんなことはないと思うけど。最近よくそういう話を聞くの。村上さんにそっくりの子が、夜、二ノ池商店街をうろついている、って」

ぐっと黙った。見られていたのか、と思った。あれからときどき、夜、衝動的に商店街に行ってしまうことがあった。暗い路地の、ちかちか明滅する蛍光灯を無性に見たくなるのだ。

家を抜け出すのは簡単だった。浅見さんは夜は帰ってしまうし、ママもパパの世話で精一杯。いくらでも目を盗むことができた。路地をぶらぶらして、飲み屋のなかをのぞき、蛍光灯をながめているだけ。その時間だけ、ほっとした。自分がだれでもない気がした。

「知りません。でも……」

とっさに答えた。

「実はいまでもときどき父が治療の関係で病院に短期入院することがあるんです。それで病院に寄ると、帰り、商店街が通り道になるんです。昨日もそうでした」

「あのね、村上さん。村上さんは成績もいいし、生徒会でもがんばってる。でもね、だからこそほかの生徒の手本にならなければならないと思うの」

先生は険しい顔で言った。なにが言いたいのかわからず、少しひるんだ。

「嘘はよくないわ。さっき、おうちに電話して、お母さまとお話ししたの。お母さまは、昨日の夜、あなたはずっと家にいたはずだ、って。つまり、病院には行っていないってことよね」

絶句した。

「実はね、生徒たちの噂が気になって、先生たちが交代で二ノ池商店街を見まわっていたのよ。ほかの先生たちも何度かあなたを見かけたって言ってた。でも、わたしは信じていなかったわ。村上さんにかぎってそんなことはないはずだ、って」

先生は悲しそうに目をそらした。

「昨日はわたしが当番だったの。村上さん、繁華街の路地を歩いていたでしょう?

もう十時過ぎだったわ。すぐ見失ってしまって。でもまちがいない、あれはあなただった」

先生はじっとわたしを見た。お腹の下のあたりがぎゅっとすくんだ。

「そうでしょ？」

もう一度わたしを見る。ごまかせそうにない。あきらめて無言でうなずいた。

「なんでそんなことしたの？」

先生がやさしい口調になる。わたしはうつむいた。なんで、と言われても、わからない。ただ、家にいたくなかっただけだ。

「お父さまがたいへんだっていうことも知ってるけど、あなたまでそんなことでは、お母さまはどうなるの？」

わたしはうつむいたまま、なにも答えなかった。

「本来なら、自宅謹慎にするところだけど……。明日からは夏休みだし、今後二度とそういうことを起こさないと約束するなら、処分は見送ります。公にもしません」

ぎゅっと唇を噛《か》んで、黙った。

約束……？　謝れ、ということか。でも、なぜ？　わたしは夜の街の光を見に行っていただけだ。なにもはずかしいことはしていない。それなのに、なぜ謝らなければならないの？　そんなことをするくらいなら、処分された方がマシだ。

「制服廃止運動、自主的な気運が高まってきたのはいいことだとわたしも思っています。でも、廃止運動を推進している生徒がこういうことだと、風紀の乱れって思われるかも」

先生のひんやりした声が面接室に響いた。鳥越先輩の横顔が浮かぶ。先輩たちがあれだけがんばっているのに、足を引っ張るわけにはいかない。

「申し訳ありませんでした。もうしません」

わたしは頭を下げ、誓約書を書かされた。

面接室の外に出てから、涙が出た。

夏休みのあいだ、わたしは、坂田さんと書の時間を持つことになった。ママはママなりに考え、筆を持つ時間を作ればわたしが平静を取り戻すと思ったのだろう。

パパに習っていたときと同じように、週に一度、二時間。きちんと制服を着て、道具を持ち、正座してお辞儀をする。墨をすり、心をしずめる。

半紙の白い世界。筆を持つとき、半紙はただの白い紙ではなく、世界を映す鏡になる。なにもないのではない。すべてがそこにあるのだ。筆をおろし、黒い墨で、世界をひとつの形に凝縮させる。書をはさんでパパと向かい合うというのは、そういうことだった。

だが、パパのときとはまるでちがった。坂田さんはものしずかで、信頼できる人だ。けれども、パパの授業のときのような空気はそこには生まれなかった。あの、きーんと引き締まっていくような感じ。真っ白い空間にわたしだけが浮かんで、ひとつの文字を描き出すような、あの感じ。

パパでなければダメなのだ。

文字は変わらずここにあり、世界も変わらずここにある。でも、あれはパパによって見いだされた世界だったのだ。だから、パパがいなければ現れない。あの世界はどこにもない。パパがいなくなったことで、あの世界も消えた。

むなしい、形だけの時間が流れていった。

夏休みが終わるころ、坂田さんは言った。

「葉さま」

「文字に以前のような緊張がないですね」

わたしは目を伏せたまま答えなかった。

「お父さまのことがショックなのはわかります。ですが、こんなときだからこそ心をしずめて、葉さまは葉さまの文字を見つけないと」

「文字は……。パパの文字とか、わたしの文字とかがあるわけではないと思います。文字は、文字はもっと……」

なにも言えず口ごもった。

「おっしゃりたいことはわかります。お父さまのお考えは承知していますから」

坂田さんはそこで一瞬とまった。

「ですが、葉さまは、お父さまのおっしゃっていることの観念的な面だけを見ているような気がします。文字には形もあり、筆勢もある。抽象的なものではないのです。お父さまの書く文字にも肉体があり、重さがある。それは、お父さまの身体から生まれたもの、とわたしは考えます」

ちがう、とわたしは思った。

「文字とは、言葉という抽象的なものが、ある人の身体を通って現れるもの。葉さまは、葉さまの身体を使って書くしかないのです。ですから」

坂田さんはまたそこで止まった。

「受け入れていただきたいのです。そして、お父さまがいなくても、ひとりでも書いていくことを決意していただきたいのです」

わかる。坂田さんの言っていることは理解できる。でも、ちがう。パパが言っていたことと、坂田さんの言っていることはちがう。

坂田さんのうしろで窓の外の葉が揺れた。

「出て行ってください」

わたしは坂田さんに言った。

「それはパパの言っていることとちがいます。わたしには、受け入れられない」

坂田さんの目をじっと見る。坂田さんはしばらく黙っていたが、やがて、わかりました、と言って部屋を出て行った。

制服廃止案は生徒総会でも過半数の賛成を得て、学校に提出した。が、結果は却下。制服は学校の方針、過半数の賛成では動かせない、と顧問の梅崎先生は言った。

その総会を最後に、鳥越先輩たちの任期は終わった。先輩たちは高三で、春には卒業する。もうどうしようもなかった。最後の会議の日、次の選挙に当選していたわたしに、どうかあきらめずにこれからも学校に働きかけてみて、とみな口々に言った。

会議が終わって外に出ると、もう暗かった。門を出て、みんなは二ノ池駅の方に、わたしと鳥越先輩は二ノ池公園の方に向かった。鳥越先輩とは、帰る方向が途中までいっしょなのだ。二ノ池公園の向こう側に都電の二ノ池公園という駅があり、都電沿いに住んでいる鳥越先輩は、いつもそちらの駅を使っている。

「わたしね、あなたのお父さまのファンなのよ」

二ノ池公園のなかを歩きながら、鳥越先輩が言った。

「すばらしい文字よね。文字だけが凄《すさ》まじい存在感で屹立《きつりつ》している。あんな文字を書ける人はほかにいないわ」

わたしは黙ってうつむいた。そう。その通りだ。いや、その通りだった。かつてのパパは、みんなに尊敬され、畏《おそ》れられる人だった。だが、いまは……。

「お父さまの具合、どうなの？」

先輩が小さな声で言った。わたしはなにも答えられず、うつむいた。

「ごめんなさい。たいへんなのね。変なことを訊いて悪かったわ」

先輩の声を聞いていると、身体からなにかが流れ出していきそうになった。

「わたしね、実は、子どものころに両親を亡くしているの」

先輩の声に思わず顔をあげた。

「みんなは知らないことだけどね。事故で亡くなったの。いまわたしを育ててくれているのは、伯父と伯母なのよ」

「そうだったんですか」

「両親が亡くなったとき、悲しいかどうかさえわからなかった。夜になると、毎晩身体のどこかがなくなった夢を見るの。怖くて目が覚める。覚めても父も母もいない。夢より怖いの。どこにも逃げ場がないんだ、って思って」

「でも、いまの先輩は……。立派です。だれよりも力強い」

「力強いのではないのよ。自分が弱いと知っているだけ」

先輩は上を見た。

「きれいね」

先輩の視線の先に街灯があった。汚れたガラスに透ける青白い光。蛾《が》が何匹もばたばた羽ばたいている。

「はい」

ふつうならとてもうつくしいとは思えない、さびしい光だ。だがなぜかその光がとてもうつくしいものに思えた。あの商店街の明滅する電灯のように。

「世界には、さびしいときにしかわからないうつくしさというものがあるのよね。街灯が作る光の輪とか、空き地に落ちている錆《さ》びたスプーンとか。満たされているときにはなんでもないそういうものが、すうっと心にしみこんでくる」

街灯の薄暗い光に照らされた先輩の横顔はさびしそうだった。いままで見たことのない表情。でもうつくしかった。

「ひとりでも生きなければならない。生きるからには、生きていることを証《あか》ししなければならない。わたしが立ち直れたのは、そう教えてくれた父のおかげ。立派な人だったわ。学者で、目立ちはしないけれども、決して弱音を吐かずに黙々と研究する人だった。その父が言ったの。わたしたちは、歴史の上に自分の存在を証しするために生きてるんだ、って。だから、わたしは自分の意志と心を切り離すことにした」

「切り離す？」

「悲しみがあるということと、悲しむというのは別のことなのよ。切り離すというのは、痛みや悲しみがあってもそれを横に置いて、目的のために進むってこと。ライオンに襲われたシマウマは、肉を嚙みちぎられても走るでしょう？　自分の痛みばかり見つめていてはダメ。ほかの人にそれを理解してもらってもなんにもならない」

先輩はふうっと息をついた。

「わたしはね、だからほかの人よりほんとうは冷たいのかもしれない。ほんとうに大事なのは自分。自分のためなら、まわりの人のことも見捨てるかもしれない。それでも生きて、生きていることを証ししよう、と決心したのよ」

「先輩、実は」

パパの話をしたいと思った。だれにも言っていなかった、パパの病気の話を。

「なに？」

「いえ、なんでもないんです」

話そうとしたとたん、さっきの先輩の言葉が耳に響いた。痛みを人に理解してもらってもなんにもならない。その通りだ。

「わたし、先輩と会って、この学校に来てよかったと思いました。いまお話しできて、うれしかったです」

「わたしも村上さんに会えてよかったわ。村上さんには、物事を深く考える力がある。それはだれにでもあるものじゃない。そのことが重荷になるときもあると思うけど、大事にして」

先輩はしずかに笑った。

原っぱのところまでやってきた。わたしの家は左、二ノ池公園駅は右側だ。

「じゃあ、また明日」

わかれ道のところで、先輩は手を振った。

日曜日、午後からママが伯父さまのところに行くことになり、わたしがパパについていることになった。天気がよく、気持ちのいい日だった。わたしはいつのまにか机に突っ伏してうたたねしてしまっていた。

「ムスメ」

パパの声ではっと目が覚めた。

まちがいも多いが、パパは少しずつ意味のある言葉を発するようになっていた。だが、名前は思い出せないらしく、ママのことは「ハハ」、わたしのことは「ムスメ」、自分のことは「イエ」と呼んだ。

パパがわたしの前に座って机の上を見ていた。パパの前に紙が一枚置かれていて、パパの手に鉛筆が握られていた。

もしかして、なにか書いたの？　倒れて以来、紙に向かったことなどなかったのに。わたしはどきどきして身を乗り出した。

だが、紙をのぞきこんでぎょっとした。そこにあったのは文字ではなく、異様な線の塊だった。はじめは細かい文字の寄せ集めのように見えた。だが、よく見ると、どれも文字ではなかった。漢字や漢字の部首に似たもの、ばらばらにほぐれたテン、ハネ、ハライ……。
なにかの字にそっくりだが、部品が多かったり少なかったりするものもあったし、見たことのない奇妙な形もまざっている。文字の一部のようなものから、形がつながりあって巨大になったものまで、大きさもまちまちだった。

ぞっとした。異形の文字が隙間なく紙を埋め尽くしている。

生きもののようだ、と思った。鉛筆ではあるが、パパの文字の面影がある。うつくしいハネやハライ。だからこそよけい不気味だった。

「文字は……」

思わず声が出た。

「文字はこういうものじゃないでしょう？　文字は、言葉は、世界の理《ことわり》だ、って、パパ、言ってたでしょう？」

パパはにこにこ笑ってわたしを見た。

「ちゃんとした文字を書いてよ。文字にはひとつひとつ意味があって歴史がある。ものをそれであるようにさせる力、それが文字だ、って、パパ、言ってたでしょう」

パパは呆然とした顔になった。わたしの言っていることがわからないのだ、と気づいた。

早口で話すと理解できない、むずかしい話も禁止、とお医者さまから言われていたのを思い出した。だが、止まらなかった。わたしの口から、パパが教えてくれたことが次々にこぼれ出した。

わたしはパパから紙を取りあげようとした。だが、ダメだった。パパはぎゅっと紙を握りしめ、わけのわからないことを叫んだ。身体がかっと熱くなった。

そのとき、坂田さんがやって来た。奇妙な雰囲気だとすぐに気づいたらしい。坂田さんの顔を見て、わたしも正気に戻った。

わたしは無言で部屋を出た。走って自分の部屋に戻り、鍵をかけて閉じこもった。

夕方、ママが帰って来た。坂田さんから事情を聞いたのだろう、わたしの部屋にやって来た。

「葉、開けて」

ママはやさしい声で言った。だれが来ても開けないつもりでいたけれども、その声を聞いて、ドアを開けてしまった。

ママは怒らなかった。ベッドにならんで座り、わたしの頭を抱いて、髪をなでた。

「辛《つら》かったのね」

しばらくなにも言わずに髪をなでてくれた。小さかったころのように。少し落ちついて、顔をあげる。

「ちょっと待ってて」

ママはそう言って、いったん部屋を出て行った。

「この字、どう思う?」

しばらくして一枚の古い色紙を持ってかえってきた。流麗な仮名文字で和歌が書かれている。

「達者だと思うわ。線に生気が宿っていて……。力のある書き手だと思う。でも」

言葉を濁した。

「パパの書とちがう?」

ママがわたしの顔をのぞきこむ。わたしはうなずいた。

「パパの書は特殊だもの。ママもそう思う。パパは世界の中心にいるようだ、って。だから」

ママはいったん言葉を切った。

「だから、ママは書をやめた。これはね、わたしが若いころに書いたものなの」

ママが書を? 知らなかった。そんなこと、いままで聞いたことがなかった。

「パパとも書の世界で出会ったのよ。すごい人だと思ったわ。神が宿ってるみたいだって」

ママの家は代々華道の家元の家柄だった。伯父さまとママのふたり兄妹。ママも華道は学んだけれど、家元は伯父さまが継いだので、ママは途中から書の道を選んだ。そして、書の展覧会でパパと出会い、結婚した。

そもそもこの家もママの実家、遠田《おんだ》家のものなのだ。この家は大正時代にお祖父《じい》さまが建てたものだ。お祖父さまは、華道の先生なのに洋風でモダンなものが好きで、西洋の建築を真似てこの洋館をつけた。ほんとうの家は都心にあって、ここは別荘のように使っていたらしい。

パパは若いころに両親を失い、うしろ盾もなかった。家柄もママの方がずっとよかった。だが、パパが婿にはいるのではなく、ママが村上に嫁ぐ形になった。お祖父さまが、パパのことをいたく気に入っていたからだ。だからさまざまな形で援助をした。海外に留学させ、この家もゆずった。お祖父さまの読みは正しく、パパは世界的に有名な書家となった。

ただ、華道を継いだ伯父さまとはそりが合わなかった。新年会の席で、伯父さまがパパのことを野蛮だと言い、パパが伯父さまを凡人とののしったのだからしょうがない。お祖父さまの死後は、ママがときどき伯父さまの家に行くくらいで、つきあいはなくなっていた。

「結婚してからも、最初のうちはわたしも書を続けていたの。パパのようでなくても、わたしにもわたしの書があってもいいんじゃないか、と思ってね」

ママは色紙を見おろした。

「でも、ちがった。輝く星の近くにいたら、影にならざるを得ない。『わたしの書』なんてあり得ないのよ」

なんて弱い。ママの横顔を見て思った。「わたしの書」？　なんて陳腐で、弱々しい夢。影になるのはあたりまえだ。自分の書を切り開きたいなら、そのためにパパが邪魔なら離れればいい。踏み倒せばいい。坂田さんもママも、パパのそばにいるからじゃない、影にしかなれないのは、もともと影にしかなれない人だからだ。

「ママはね、むかしからパパが怖かった。たしかにパパは正しいのかもしれない。でも、ほかを全部否定して、踏みつぶしていくのはほんとに正しいのかしらって、いつも思っていた」

ママは遠くを見るように言った。その横顔に苛立ちを感じた。踏みつぶしていくのはあたりまえじゃないか。それが才能というものだ。そんなこともわからずに、この人はパパといっしょにいたのか。

パパは孤独だ。神様から特別の才能をもらって、ほかの人には見えないものが見える。だから、ほかの人に話しても、理解されない。

わたしはだれよりもパパを理解してるつもりだった。紙に向かうと、いつもパパの声が頭のなかに聞こえ、なにをすればいいのか教えてくれた。わたしのなかにパパがいる。そう思っていた。でも、ちがった。パパがこうなってから、声とは切り離されてしまった。もうわたしを導いてくれる声は聞こえてこない。

パパにはなれない。わたしのなかにパパをとどめておくことも、パパを超えることもできない。

パパはもういないのだ。

もう外は暗かった。ママは泣いていた。わたしも泣いていた。

鳥越先輩は、応来大学に合格し、卒業していった。卒業式での先輩の答辞はすばらしく、全校生徒が涙した。

次の生徒会役員の先輩たちはみな内申書のために生徒会活動をしているような人たちで、制服廃止運動には消極的だった。

書はやめた。これではママと同じかもしれない、とも思った。だが、意思は変わらなかった。続けていたとしても、わたしもママと同じなのだ。パパの影。もう筆は取らない。二度と。わたしの書は終わったのだ。

パパの弟子たちの多くは離れていき、残ったのは坂田さんはじめ三人だけだった。三人はアトリエを出て別の場所を借り、村上塾を名乗った。少しずつ人がやって来て塾は栄えはじめた。集まって来たのは、生真面目で真剣な目をした若者たちばかりだった。

坂田さんは、パパの名前を掲げ、書には書く人の精神性が形になって現れる、と言った。宙に浮いた、純粋な文字などなく、文字は常に社会や書く人の思想によって形作られる、と言う。パパの考え方とはまったくちがう。

だが、書の世界の人々の受けはそちらの方がよいらしく、村上紀重の名前は、ますます新聞や雑誌に取りあげられるようになった。

アトリエだった離れは、人が住めるように建て替えられ、パパはそこでひっそりと暮らすようになった。寝室と台所と洗面所だけの小さな建物。そこでママとふたりで寝起きしていた。

パパは日に日におだやかな性格になっていった。怒ったり怒鳴ったりすることもなくなり、ひとりでぼんやり縁側に座っていることが増えた。むかしの激しい性格の面影はどこにもない。

ママといるとすっかり安心して、ママの話をにこにこ笑って聞いている。ときおり子どものような言葉を差しはさむが、そのほとんどはママだけにしか意味がわからない。紙も筆も手に取ることもなかった。

パパが倒れてから二年が過ぎていた。もうすぐ中等部が終わる。といっても、そのまま高等部に進むだけだから卒業というほどの感慨はなかった。

庭を歩いていると、桃の木の枝の向こうに母屋が見えた。たまの来客と浅見さん以外は、わたししかいない母屋。

はっとした。建物がぐらりと揺らいだような気がした。

崩れる。家が崩れてしまう。

思わず手で頭を押さえ、しゃがみこんだ。ぎゅっと目をつぶる。激しく心臓が脈打った。呼吸ができなくなる。

この家は、パパそのもの。建物も、庭も、ここに住む人たちも、パパこそが家の本質。でも、もうパパはいない。だから家も崩れていくんだ。

鳥の鳴く声がした。顔をあげると、建物はそのままそこにあった。水のなかで砂糖が溶けるように家の輪郭がゆらめき、なにもかもがにじんだ。

日曜の午後、ママが出かけたので、わたしはパパとふたりで離れにいた。掃き出し窓から差しこむ陽射しが畳の上を照らしている。

いつのまにかうたたねしてしまい、目が覚めるとパパが机に向かっていた。鉛筆を持っている。あのとき以来だ。あの、奇妙な文字のようなものを書いたとき。あれ以来、パパは二度と鉛筆を手に取らなかった。背中を丸め、紙に顔を近づけている。そうっとうしろからその紙をのぞいた。

葉。

うわっと叫び声をあげそうになる。同じだった。そこには、無数の線がひしめいていた。文字の要素がほどけ、また勝手に組み合わさり、奇妙な形を作っている。

そして、そのどれもが、「葉」に似た形だった。でも、ほんとうの「葉」とはちがう。「葉」の一部分が何度も反復されて、巨大になったもの。一画の先がのびて、別の文字のようなものにつながったもの。図案のように変形されているもの。それらがぎっしりと紙を埋め尽くして、生け簀《いす》のなかでからまりあったイトミミズのようだった。

――「ことのは」って言葉を知っているかい？　言葉は、「言」の「葉」って書くだろう。言葉は、葉っぱなんだよ。葉、お前の名前はね、そこからつけたんだ。

ぱっと手が動き、パパから紙を奪い取っていた。

パパはうめき声をあげ、紙を取り返そうと手をのばしてきた。

「やめてっ」

近づいてくるパパを突き飛ばす。パパは尻餅《しりもち》をつき、驚いたようにこっちを見た。

「パパじゃない」

わたしは叫んだ。

「あんたなんかパパじゃない。パパはもういないんだ。パパを返して」

涙が出て言葉に詰まった。

パパはわけのわからないことをくりかえしながら立ちあがろうとした。

「死んだんだったら……。死んだんだったらまだあきらめがついた。こんなのは、ひどすぎる」

涙がこみあげてくる。父は立派な人だった、という鳥越先輩の言葉が頭をかすめた。

「どうなの？　もしパパの精神が生きてるなら、こんな形で生き続けることを選んだ?」

「ムスメ」

パパがわたしの方に手をのばしてきた。

「死んだ方がいいでしょう? こんなの、見たくない」

涙がぼろぼろこぼれた。

「カミ」

パパは手をひらひら動かし、紙を追った。わたしは紙をうしろに隠した。悲しそうな顔のパパから目を背け、紙を持ったまま、離れを出た。ばたんと大きな音を立てて、扉を閉める。なかから、パパがわたしを呼ぶ声が聞こえた。

そのとき、玄関の横にある井戸が目にはいった。

木の蓋を開ける。井戸に紙を放りこみ、走って外に出た。

あちこちさまよい歩き、気がつくと三ノ池植物園にいた。三ノ池の近くまで来たとき、子どものころパパとここに来たときのことを思い出した。

パパとの書の稽古は、わたしが小学校にあがる前からはじまった。パパはきびしかった。わたしが言われた通りにできないと、すぐに声を荒らげた。信じられないほど怒って、もういい、と怒鳴り、部屋を出て行ってしまうこともあった。

部屋にひとり取り残されて、わたしは泣いた。なにを怒っているのか、意味はわかる。でもなぜあそこまで怒るのだろう。見捨てられたような気がした。使い物にならない。パパの気持ちに届かない。自分がおそろしく無能な気がした。

ほんとは、パパはわたしにも関心がないのだ。パパが大切に思っているのは書だけ。人になんて関心がない。弟子もママもわたしも同じ。怒鳴られるたびにパパを憎んだ。パパのことなんか、好きじゃなかった。

だが、憎むたびに、パパに認められたい気持ちが増した。憎むたびにそれが絆《きずな》だと感じた。書をやめることはできなかった。

空はもう暗くなっていた。閉園時間もとっくに過ぎ、もう門は閉まってしまっただろう。それでも、動けずにいた。

あの日もそうだった。パパは怒って部屋を出て行き、わたしはひとりで泣き続けた。一時間くらいたったころだろうか、パパが戻ってきて、ごめんな、と言った。そしてふたりで外に出て、ここにやってきたのだ。

ふたりで池のほとりに座って書の話をした。パパの話はむずかしくて、わたしは途中で眠くなってしまった。ぼんやり目を開けると、夕日が揺れていた。パパがおんぶしてくれていたのだ。パパの背中が大きくて、舟みたいだと思った。

空がピンク色に輝いて、世界がずっと遠くまで続いていると思った。そのなかを歩いているわたしたちがとても小さく思えた。でもパパならこの広い世界から、わたしを守ってくれる。

あのとき、パパはなにを考えていたんだろう?

パパだって、小さなもののひとつだったんだ。パパの肉体は、空のようにずっとあり続けることはできない。わたしをずっと背負っていくことはできない。

ぼろぼろと涙が出て、帰らなければ、と思った。


家に帰りついたが、門の前で足がとまった。パパはどうしただろう。ママももう帰っているだろうし、なにかあったことに気づいただろうか。はいりにくいと思いながら玄関を開けると、坂田さんがいた。

「葉さま」

びっくりした。なぜ?　なぜここに坂田さんが?

「どこに行ってたんですか?」

浅見さんが奥から走ってやってきた。

「なにか、あったの？」

いやな予感がした。

「お父さまが倒れられたんですよ。救急車で病院に運ばれて」

「えっ」

「お母さまも病院に行ってらっしゃいます。早く、葉さまも」

「いま、車を出しますから」

浅見さんと坂田さんが口々にそう言うのを聞きながら立ち尽くしていた。

病院に着いたとき、パパはもう亡くなっていた。


目が覚める。自分のベッドらしい。

外を見ると、空が赤い。夜明け？　ううん、ちがう。方向を考えると、これは夕焼けだ。一瞬、なにが起こったのかわからなくなる。

「パパ」

記憶がよみがえり、思わず叫んだ。

「葉さま」

どこかから声がした。浅見さんの声だ。

「目が覚めたんですね」

浅見さんが部屋の端の椅子に座っていた。

「わたし……」

「ずっと眠ってらしたんですよ。昨日の晩から。病院を走って飛び出して……。崖の下の原っぱに倒れていたところを警察の方が運んでくださったんです」

どうやら丸一日意識不明になっていたらしい。

「パパは？」

わたしが訊くと、浅見さんははっとした顔になる。

「ご遺体は整えられて……。下の部屋におられます」

遺体。そうなのか。あれは夢じゃなかったんだ。

「そう」

ぼうっと息をつく。

「お水を」

浅見さんが水のはいったグラスを差し出す。

「昨日からなにも口に入れてないんですから、少しでも」

グラスに口をつけた。喉に水が流れこんでいく。胃の形をなぞるように冷たい感触が広がり、そこですうっと広がって行方がわからなくなった。

脳卒中だった。病院に運ばれたときにはもう手の施しようがなかったと言う。

「庭に倒れていらしたんですよ。それをたまたまやってきた坂田さんが見つけて。木の枝を握りしめていたそうです。地面になにか書こうとなさっていたらしくて、痕《あと》があったけど、なんて書いてあるかはわからなかった、って」

グラスが手から落ちる。ぱりんとガラスが割れる音がした。

パパはきっとあの紙を捜していたんだ。わたしが取りあげたあの紙を。

あれが「葉」という文字じゃなかったら。わたしだってあんなに取り乱さなかった。わたしの名前だったから。「ことのは」の葉だったから。激しく首を振った。

書家村上紀重氏死亡。翌日の朝刊でパパの死が報じられた。

巨星、墜《お》つ。そうだれかが書いていた。その文字が奇妙に見えた。巨星。たしかにパパは巨星だったかもしれない。でも、その星はもうずっと前に燃え尽きていた。空に残っていたのは燃えかすにすぎない。

数日後、うちでパパの葬儀が行われた。ママは取り乱してずっと泣き続けていた。わたしも悲しいはずだった。だけど、水の中から水面のうえを見あげているみたいに、すべてが遠く、あいだにものがはさまったように見えた。

パパの命は、最初に倒れたときに終わったんだ。そして、わたしの命も。だから、いま悲しんでも仕方がない。もうずっと前に失ってしまったものなのだから。

黒い服の人たちが並び、お坊さんのお経が響いた。まわってるみたいだ。声がまわって、空にのぼっていく。そう思った瞬間、ふわっと浮いた。身体から浮きあがり、空中から自分の身体を見おろしていた。

「葉ちゃん」

うしろから声をかけられてはっとした。伯母さんだ。どうやらわたしが焼香する番らしい。立ちあがり、ふらふらと前に進んだ。

焼香し、パパの顔を見る。顔からなにかが抜けて、つくりもののようだ。すべてが抜けてしまっている。パパがむかしのパパのまま死んだとしても、死に顔はこうだったのかもしれない。死というのは、そういうものなのか。顔の皮膚が紙のように、軽く、乾いたものに見えた。

葬儀が終わった数日後、中山さんがうちにやってきた。ママとなにか話したあと、わたしに、少しいっしょに庭を歩こう、と言った。

「最近ね、お父さんが以前書いた文字、お母さんから見せてもらったんだ」

中山さんが言った。

「文字って？」

「文字というべきかどうか。葉ちゃんと争いになったっていう、奇妙な文字だよ」

はっとした。一瞬、あの日井戸に捨てた「葉」という字のことだと思った。あのときのことはだれにも話していないのに、なぜ中山さんが知っているのだろう。

が、すぐに気づいた。中山さんが言っているのは、もっと前の文字のことなのだ。倒れた年の秋に書いた文字。

「正直驚いた。あれはなにか、大切なものなんじゃないかって思ってね」

大切なもの？　意味がわからず、中山さんを見つめた。

「最近、お父さんと同じ病気をした人と話したんだ。脳出血のあと失語症になって……。ただ、その人は治癒したんだよ、ほとんど完全にね。言葉を失っていたあいだのことを訊いたら、不思議な体験だった、って。記憶やなにかは頭のなかにすべて保たれているのに、言葉だけがわからないんだそうだ。たとえば、それが鉛筆で、なにをするためのものかもわかるのに、名前だけがわからない。まるで、目が覚めたら急に言葉を知らない外国の町にいたみたいだった、って」

なにを言いたいのだろう、と思った。

「だからね、村上くんの場合も、倒れたあともずっと、頭のなかに、村上くんの世界が存在していたんじゃないか、と思ったんだ」

パパの世界が……？　存在していた？

「村上くんの書く文字は、いわゆる書とは少しちがうよね。文字の姿をむき出しにするような性質があった。あの不思議な線の塊のなかにはね、古代の文字……甲骨文字や金文《きんぶん》、篆文《てんぶん》みたいなものがまざっていたんだ」

そうか。あの紙を見たとき、わけのわからない形だと思ったもの、あれは漢字の古い形だ。パパから本で見せてもらったことがあったから、少しだけ知っていた。

「漢字は表意文字だけど、できたときとはずいぶん形が変わっているよね。成立したときの文字は、もっと絵に近いものだった。それが筆で書くようになって、だんだん形が変わった」

「はい」

「あの紙のなかには、現代の文字だけじゃなくて、文字ができたときの形、さまざまな時代の文字の形が、渾然《こんぜん》一体となって存在していたんだ。どれもかなり変形していたけどね。それで、思ったんだ。これは、村上くんの世界と強く結びついている。いや、これこそがほんとうの村上くんの世界なのかもしれない、って」

ほんとうのパパの世界。わけもなく胸がどきどきした。

「この渾沌《こんとん》とした線。これこそが彼の根源にある世界なんじゃないか。もともとの彼の文字は、この世界から秩序をつかみ取ってきたものなんじゃないか」

「秩序をつかみ取ってきた？」

「花という言葉ができることで、花は世界のほかのものから切り離され、『花』というものになる。文字も同じだよ。どの文字も必ずしもその形じゃなくてもいい。それをある形に封じこめる。もともとあった無限の可能性を切り捨ててね。そして、時代を経るごとに字の形は少しずつ変わり、古い形の持っていたさまざまな意味も抜け落ちていく」

「『文字の影』……」

パパが言っていたことを思い出し、つぶやく。

「そう。文字の影を垣間見ること。彼はよくそう言っていた。それは、そのものが持つ別の可能性、時代とともに抜け落ちて行ったものを見るということだったんじゃないか」

わたしは声もなくうなずいていた。

「わたしはこれまで、彼の書は透明で、不純物のないもののように思っていた。でも、ちがったのかもしれない。彼は文字のなかにもっと渾沌としたものを見ていたんじゃないか。もちろん、それをそのまま吐き出したのでは書にはならない。だからああいう形に純化させていた」

中山さんは桜の木を仰ぎ見た。

「たとえば神社というのは、もともと荒ぶる神を鎮める場所だよね？　禍々《まがまが》しい力を封印するためのもの。でも時がたつと、それが蒸溜《じょうりゅう》されて、静謐《せいひつ》な空間になる」

「文字ももともとはもっと荒々しいものだった、と？」

「そう。でも……。命というのは、いや、存在というのはなんでも、もともとそういうものなのかもしれない」

中山さんは庭を見まわしながら言った。

中山さんが帰ってからも、わたしはしばらく庭にいた。

あれもそうだったのだろうか。あの文字。変形した「葉」。あれも、文字の影だったのか。見たい。あの紙を。もう一度。

夢中で崖を駆けおりる。蓋を開け、井戸をのぞく。暗い、深い、穴。

「あっ」

思わず声をあげた。遠く、井戸の底に人の顔が見えた。わたしと同じくらいの女の子がこっちに手をのばしている。

だれ？　その子の顔が揺れる。

水？　そのとき気づいた。あれは、わたしだ。井戸の底の水に小さくわたしが映っていたのだ。

水、あったんだ。水道が引かれ、井戸はずっと前に使われなくなっていた。だからもう水は涸れたと思っていた。だが、あったのだ。

無理だ、と悟った。水のなかで紙がそのままの形であるとは思えない。

取り返しがつかない。どん、と膝をついていた。

わたしがパパを殺した。パパの書も殺した。

倒れたあと、パパはパパでなくなってしまったと思っていた。でも、そうじゃない。パパの世界はあったんだ。消えることなんてない。ダム湖に沈んだ村のように、見えなくても、だれもそこに行けなくても、あり続ける。

それなのにわたしはパパに、死ね、と言った。

空がすばらしく青かった。どこかから墨の匂いがした。はっとふりかえる。母屋の奥の部屋の丸窓が見えた。パパの書のための部屋の窓。パパの目だ。パパが見ている。涙があふれ出し、地面に顔をすりつけた。

パパが死んだあとも、坂田さんは村上塾を続けていた。だが、結局閉じることになった。坂田さんは弟子たちとともに、新しい名前の団体を作ることにしたのだ。パパはお金があればあるだけ使ってしまう人で、うちにはもともとあまり貯金がなかったのだそうだ。パパが倒れて、入院費やらなにやらでお金がかかり、ママはかなり伯父さまから援助を受けていたらしい。ときどき伯父さまの家に出かけていたのはそのせいだったのだ。パパの死後もそれは続いていた。

高校二年の秋、ママは中山さんと再婚することになった。中山さんは、奥さまをずいぶん前に亡くし、時生《ときお》さんというわたしより四つうえの息子さんとふたり暮らしだった。再婚に反対する気はなかった。ママは疲れ切っていたし、中山さんにしても、パパに対する友情と経済的な配慮によるところが大きかったのではないか。口には出さなかったけれども、そう思った。

わたしもいっしょに中山家に行く。この家は空き家になるのだ。

ママとわたしに必要な荷物が運び出され、いよいよわたしたちも家を出る日が来た。

「とりあえずはこのままなんだから。ときどき遊びに来たっていいんだし」

庭をめぐりながら、ママはわたしの肩を抱いた。だれも住む人はいないが、取り壊すのも惜しい。それで、とりあえずはそのまま、ということになっていた。

なぜか不思議と透明な気持ちになった。このまま流れるように生きていけばいい。そうやっていつか終点にたどり着く。そのときどこにいるかわからないけれど、わたしはきっとこの家のことを思い出す。この家と、庭と、父のことを。

迎えの車の音がした。

ムスメ。耳の奥で声がした。

「ちょっとだけ待っててくれる?」

わたしはママにそう言って、駆け出した。崖をおりる。

ダメだ。やっぱり行けない。崖の下の井戸。あの「葉」という文字。あの文字はいまもこの井戸の底に眠っている。あの文字を置いて、どこにも行けない。

井戸の蓋を開ける。井戸の底の光。その小さな光がゆらゆらと揺れた。

帰らなくちゃ。パパが呼んでる。

手をのばした。水があがってくる。ぐんぐん水が満ちて来る。わたしはそこに飛びこんだ。

水のなかをおりていく。

水面を見あげると、わたしが見えた。井戸の縁に立って、こっちを見おろしている。

行ってらっしゃい。わたしはそうつぶやいた。

あなたはママについていって。ママを助けて、ママを励まして、書もパパも関係ない、別の人生を生きて。わたしは、ここに残る。

井戸の外のわたしはしばらくじっとこちらを見ていたが、やがて深呼吸して、井戸に蓋をした。

わたしは、もう一度底に向かって泳ぎ出した。水の底に草原が見えた。風がさやさやと吹いて、遠くから「ムスメ」と呼ぶ声がした。

5　おひなさまのミトコンドリア

「きれいですねえ」

思わず声をあげる。濃いの、薄いの、重なり合った、さまざまな緑。くるくる巻いた新しい芽。見たこともない形のシダたち。

――今日は小菊ちゃんといっしょに植物園内のシダの採集をするから、そっちの作業を手伝ってくれる？

朝、植物園に着くと、苫教授からそう言われた。

小菊ちゃんの専門は分子進化学といって、植物のＤＮＡを使った研究だ。今回は苫教授との共同の研究らしい。ＤＮＡは生の葉から採取するのだそうで、そのための葉っぱを集めるということだった。

シダ室は半地下にあった。直射日光に弱いシダのために、あまり日があたらない構造になっている。温度は温室のように高くはなく、むわっとする感じはないが、湿度は高めに保たれているのだそうだ。

「きれいでしょう？　やっぱり、いいわねえ、シダは」

深呼吸するように苦教授が言った。

採集作業は一時間ほどで終わり、新聞紙にくるんだ葉っぱを実験室まで運んだ。

「ではまず、いま採って来た葉っぱを洗ってもらえますか？」

小菊ちゃんに説明された通り、一種類ごとに葉っぱを洗い、水気をぬぐう。

「葉っぱを小さくハサミで切って、液体窒素で凍らせながらすりつぶすんです」

細かく切った葉っぱを乳鉢に入れる。ハサミは一種類ごとにきちんと洗う。小菊ちゃんが、床の上に置かれた細長い口のついた金属の容器を持ちあげ、蓋を開けた。

「これが液体窒素です。マイナス二百度。かけると瞬時に葉っぱは凍ります」

容器を傾けて、乳鉢に注ぐ。白い煙のようなものがふわーっと出てきた。ぱりぱりになった葉っぱが弾《はじ》ける液体に浮く。小菊ちゃんがそれを棒ですりつぶす。液体はみるみる蒸発し、玉になって乳鉢のなかをころころ転がった。

「すいません、液体窒素を足してください」

さっきの容器を持ちあげ、そうっと乳鉢に注ぐ。はいＯＫ、と言って、小菊ちゃんはまたごりごりと葉っぱをすりつぶす。やがて葉っぱは完全な粉末になった。それをすごいスピードで薬包紙に移し、プラスチックチューブに流しむ。

「で、溶けないうちに冷凍庫へ、と」

小菊ちゃんは大きな冷凍庫のドアを開け、チューブをなかに入れた。

すべての葉っぱをすりつぶし終わったときには、お昼を過ぎていた。

「あとはこれを有機溶媒に溶かして、遠心分離機にかけてDNAをほかのものと分離させて、精製して……。って言葉で説明しても、いまひとつわかんないか」

小菊ちゃんの作業を見守っていた教授が言った。

「そうですねえ」

有機溶媒も遠心分離機もまったくちんぷんかんぷんである。

「じゃあ、午後も小菊ちゃんを手伝って実験を見学してみる？　今日は標本の作業、お休みしていいから。わたしは授業があるから行くけど」

「いいんですか？　ぜひ見てみたいです」

DNAの実験ってどんなことをするのか、前々から気になっていたのだ。

「手伝ってもらえたら助かります。大島さんは、仕事、ていねいですし」

小菊ちゃんが言った。

「ほんとよねえ。標本もすごくきれいに貼れてるし。そういわれてみれば、前に趣味が刺繍《ししゅう》って言ってたわね」

「はい」

刺繍の話をしたのは、たぶん面接のときだけだ。短時間のうちにちらっと話しただけなのに覚えていたんだ、とちょっと意外だった。

「刺繍ですか？　どんな？」

なぜか小菊ちゃんがぐっと身を乗り出した。

「柄はだいたい植物なんです。ここに勤めるようになって、モチーフの種類も増えました」

「ってことは、もしかして図案から自分で考えるんですか？」

「そうですね」

「すごい！　見てみたいです」

「ハンカチなら持ってますけど……」

わたしはポケットから刺繍のハンカチを取り出した。

「うわあ」

ハンカチを見て、小菊ちゃんが声をあげた。

「これ、ほんとに自分でしたの？」

教授が目を丸くしている。

「こんなの見たことないです」

「そ、そうですか？」

意外なほど大きな反応に戸惑った。

「それに、植物学者のわたしから見ても、これはきちんと特徴を捉えてるわよ」

教授はじっくりとハンカチをながめながら言った。

「単純化した図案じゃなくて、精密な図なんですね」

小菊ちゃんがうなずいた。

「むかしからそうなんです。といっても、ここに来るまではそこまで写実的じゃなかったかもしれない。でもここに勤めるようになって、標本や図鑑を見てるうちに、形の仕組みみたいなものが見えてきて、捉え方が全然変わったんです」

「きっと特別目がいいのね。写真みたいに見たものをそのまま記憶しちゃうタイプ。学者にもときどきそういう人がいるけど……。わたしにはない能力だから、ちょっとうらやましいわ」

教授が微笑んだ。

「今度もっといろいろ見せてもらえますか？」

小菊ちゃんが目を輝かせる。

「え、ええ。そのうち持ってきます」

「大島さんの家、近いんですよね？　もしよかったら今度お邪魔させてください」

「ええ。ちょっとぼろい家ですけど、いつでも、ぜひ」

「ほんとですか？　うれしい」

小菊ちゃんはにっこり笑って、刺繡をまたじっと見た。


金曜日、久しぶりに実家に帰った。母が、ひな人形を飾ったから一度見にきて、と連絡してきたのだ。

人形にそなえられるように、駅前の花屋で桃の花を買っていった。和室にはいると、例年の場所に、例年の台がしつらえられ、おひなさまとお菓子がちょこんとのっていた。窓際の日のよくあたる場所だ。

うちのひな人形はもともと母のものだった。お内裏《だいり》さまとおひなさまの二体しかなく、ふつうのひな人形とはかなり恰好《かっこう》がちがう。子どものころはなんでうちのはこんな形なんだろう、と思っていたが、立《た》ち雛《びな》と言って、古い形式のものらしい。

なんで男女のペアを飾るんだろう。子どものころから疑問だった。女の子のお祭りなら、着飾った女の子の人形だけだってよいのではないか。

でも、そういうものでもないのかもしれない。一体じゃさびしい。こうやってペアでいると、なんだかとてもおめでたいものに見える。

不思議なものだな、と思った。日ごろは大切にしまわれていて、一年に一度だけ出てくる。個人でも、家族の像でもなく、男女のペア。見ていると、なぜか永遠という言葉が浮かんできた。

「お茶、はいったわよ」

母が和室にはいってきた。平日だから、父はもちろん仕事で、いない。日のあたる畳に座って、母とふたりでお茶を飲んだ。

「そうそう。いまの家に越してから、また刺繍するようになったんだ」

カバンから最近の作品を取り出し、広げる。母が布をのぞきこんだ。

「へえええ。こんなの、作れるようになったんだ……。すごいじゃない。前よりずっと精緻になった」

「植物園で仕事してるのもよかったみたい。毎日植物をよく見てるから」

「たしかにそうかもね。ほんとに見事だわ。ああ、この子は、もしかして、見ちゃうのかも」

母は刺繍をじっとながめながらつぶやいた。

「見ちゃう、ってなんのこと？」

「これはちょっと信じられない話かもしれないけど」

母は少し迷ったような顔をした。

「お祖母ちゃんの血筋には、ときどき『夢見』が出るんですって」

「夢見？」

「他人の夢のなかにはいれる能力がある人のこと」

「なに、それ。お祖母ちゃんって、つまり、井村《いむら》の家系？」

母の旧姓は井村という。

「ううん。そうじゃなくて、お祖母ちゃんの、お母さんの、そのまたお母さんの、っていう……。だから、名字はどんどん変わってて、家系図もないんだけど」

「つまり、女の血筋、ってこと？」

「そうそう。その血筋の女性には、ときどき手仕事に秀でた人材が出るの。織物とか、縫い物、染め物とか、ジャンルはいろいろだけど、ただうまいってだけじゃなくて、作ったものが人から求められるようになるほどの腕前の持ち主ってことね。このひな人形も」

母はひな人形を手に取った。

「この人形の衣装の布を織ったのは、珠子《たまこ》おばさんって言って、わたしの伯母さんなの。つまり、風里から見ると、お祖母ちゃんのお姉さん」

「そうなの？」

はじめて聞く話だった。お祖母ちゃんにお姉さんがいたというのは聞いたことがあった。でも、かなり年が離れていたらしく、わたしが物心つく前に亡くなっていた。

「織物職人だったの。ちょっと変わった柄を織ることが多かったらしくて」

「変わった柄？」

「写実的な図柄が特徴でね。織物とは思えないほど細かい柄」

わたしはひな人形に近づいた。そういえばそうだった。春の野原が織りこまれているのだが、子どものころ、ほんものの野原みたいだ、と思った記憶がある。

「すばらしく精緻で、腕が良かったから、ときどき偉い人からも注文が来てたみたい。このひな人形の衣装も見事でしょう？」

たしかに、こんなに細かい柄の布はあまり見たことがない。

「珠子おばさんはずっと独身だったのね。だからわたしが生まれたのをすごく喜んで、自分で織った布で人形を作ってくれたの」

「それは得したねえ」

人形を手に取り、服の柄を見る。写実的で絵画のようだ。

「でね、さっきの話に戻るけど……。その珠子伯母さんが、夢見だったのよ」

「なんなの、その夢見って」

「よくわからないんだけどね。人の夢の世界にはいるんだって。そのなかで自分の意思で動きまわれるらしいの」

人の夢の世界にはいる？　超能力みたいな話だ。

「ほんとなの？　迷信みたいなものじゃないの？」

「わたしだってもちろんおとぎ話だと思ったわ。お祖母ちゃんも手芸が得意で、戦後はそれで稼いでいたんだって。でも、そんな能力はなかったし、わたしにも、いとこたちにも」

母も若いころは家庭科の教師だったのだ。手芸はかなりできる。

「でも、むかし、中学生のころかな、風里のテッセンの刺繡を見たとき、あれ、もしかして、って思っちゃった。まあ、夢見のことはともかく、風里の刺繡の腕は、珠子伯母さんゆずりなのかも、って」

母はわたしの刺繡をなでた。

「わたしも、珠子伯母さんから手芸、習ったことがあるのよ。いつだったか、伯母さんが言ってたの。手芸には熟練が必要だって。ほんとうにうつくしいものを作らなくちゃダメなんだって」

「うつくしいもの……」

「そう。それを持つ人のためにね。自分が上達するためじゃなくて、持つ人に喜んでもらうため。手工芸品は、人の手に渡ることで成長する。人の目に鍛えられて熟練していくのが、ほんとうに健全な手仕事のあり方だって」

もう一度じっくり手のなかの人形を見た。

「そうだ、風里、むかしの刺繡、持っていったら？」

「え？　なんで？」

「初心忘るべからず、って言うし、身近に置いておいて、ときどきふりかえるとなにか思いつくかもよ」

過去の作品なんて、拙くて見るところもないと思っていたが、一理ある気もした。どんなものを作っていたのかけっこう忘れてるし、持っていってみるか。

むかしの自分の部屋の押し入れを開け、段ボール箱を引っ張り出した。

火曜日の夜、小菊ちゃんが家に来た。

「いいところですね」

小菊ちゃんはこたつにはいってお茶を飲みながら、あたりを見まわす。

「わたしの田舎の実家って、こういう古い家なんです。木造で、畳で、もろ日本家屋。隙間風もはいるし、雨漏りもするし」

古い家に住んでいる小菊ちゃんの姿がふわっと頭に浮かんだ。いつも、地味だけどきちんとアイロンのかかった素材のよい服を着ている。きっと育ちがいいんだろうな、と思っていた。

「で、東京に出て来て、絶対鉄筋の建物に住もうって思って。感激したんですよ。冬でも全然寒くない。ああ、これが都会なんだ、って」

「そうですよね、わたしも前は鉄筋のマンションに住んでたからわかります。自分のとこが暖房しなくても、まわりの部屋の熱でけっこうあったかかったりして」

「安全だし、守られてる感じもするし。でも、なんだか、やっぱりこういうのもいいなあ、って思いました。外の世界とつながってる感じ」

小菊ちゃんが天井を見あげる。視線の先で電球がゆらゆらしていた。

「素敵ですねえ」

刺繡作品を出すと、小菊ちゃんは目を細めた。いつものクールな顔からは想像もできないあどけない表情だ。なんだか照れくさく、答えに詰まった。

「こういうのに弱いんです、わたし」

小菊ちゃんは布をにぎりしめ、目をうるうるさせた。意外とオトメな人なのかも……。そう思ったら急に親しみがわいた。

「でも、作るのはたいへんそう」

「刺してると時間を忘れちゃうんですよ。針の手応えに誘われるっていうか」

「きっと大島さんは手が重要なタイプなんですね。手で考えるタイプ」

「手で考える?」

「なんだか新鮮です。わたしたちのやってることと全然ちがうから。わたしたちの仕事って、生きものをDNAっていう記号に変換することで成り立ってるんです。記号にしてコンピュータに入力すれば、分析も操作もしやすくなりますから」

生きものを記号に変換する。わかるようでわからない。この前の葉っぱをすりつぶす作業でそんなことができるようになるのか。

「ただ、そのせいでほんものの植物に触れる時間は少なくなってしまいました。いったんDNAを抽出してしまったら、あとはマイクロチューブにはいったDNA溶液を使って実験を進めていくだけ。作業時間の大半はパソコン上でデータとのにらめっこです。だんだん生物が抽象的な記号の集合体みたいに思えてくる。でも、これを見てると、生きものって、生きもののうつくしさって、こういうものだなあ、って」

「そんな……。ありがとうございます」

「三ノ池植物園は江戸時代、薬草を研究する御薬園だったんですよね。むかしは『本草学』って呼ばれてたそうです。研究棟には当時の『本草図譜』の写本も保存されてるんですけど、その図譜もとてもうつくしいんですよ。大島さんの刺繍を見てたらそれを思い出しました」

小菊ちゃんはにっこり微笑んだ。

「でも、どうして刺繍だったんです？　編み物とかじゃなくて」

「最初は編み物とかもやったんですけど、いつのまにか刺繍だけに……。母がよくやってたからかな。最初は母に教わったんです」

「なるほど。やっぱりこういうのって、母から娘に伝わっていくものなのですね」

「女性の血筋って、こういうところに残っていくものなのかもしれませんね。ほら、女性の血筋って、ふつうには残らないでしょ。名字も変わるし……」

そう言いながら、この前母と話したことを思い出した。

「たしかに。でも、生物学的にはしっかり残ってるんですよ、ある意味、男性よりわかりやすく」

小菊ちゃんがいつものきりっとした表情になる。

「そうなんですか?」

「ええ。遺伝子にばっちり記録されてるんです」

「遺伝子? でも、それなら男性の血筋だって同じなんじゃ……?」

「それが、ちがうんです。ミトコンドリアってわかりますか?」

「え、ええ。たしか細胞のなかにあって呼吸に関係するとか」

たしか高校の生物の授業でそう習った。

「そうです。わたしたちはミトコンドリアの作り出すエネルギーで生きている。で、このミトコンドリア、もともとは独立した生きものだったのが、途中で核を持った生きものに取りこまれて共生するようになった、という話も、ご存じですか」

「ええ、どこかで聞いたような……」

どこでだったかは思い出せない。テレビだったか、前に日下さんと自然史博物館に行ったときだったかも……。

「というわけで、いまでも、ミトコンドリアにはミトコンドリアのＤＮＡがある。そのミトコンドリアが、女系なんです。子どもがオスでもメスでも、父親のものは排除して、女親のＤＮＡだけを受け継ぐ。ミトコンドリアＤＮＡは小さいので、核のＤＮＡより採取や分析がしやすいんですね、だから遺伝子鑑定なんかでもよく用いられる。とくに、古い遺体の遺伝子鑑定をするときは、女系の親戚《しんせき》が残ってないと鑑定できないこともあるんですよ」

「そうなんですか」

「だいたい、一方の血筋しか記録されないのって、情報として不正確ですよね。遺伝子が管理される時代なんてのが来たら、女方の血筋も記録されるようになるかも」

「女性の血筋で図を作ったら、これまでの家系図と全然ちがう図ができますよね。なんだか、不思議ですね」

編み物をほどいて別のものを編む。編み柄が別の模様に組み変わる。

「ああ、でもそれを全部管理しようとしたらとんでもなく複雑なことになりますね」

小菊ちゃんが言った。

「どういうことですか？」

「いまだったら、父の父、そのまた父、って考えていけばいいわけですが、そうなったら、一代上で父と母、その上になると父の父と母、母の父と母、そのまた上になると……」

「そうか、枝分かれして、かかわる人がどんどん増えてくるんですね」

「人間の家系は、鎖みたいに玉がひとつずつつながっていくんじゃなくて、網みたいなものなんだ。

結び目。網のひとつひとつの結び目、それが男女のペアなんだ。おひなさまを思い出すふたつの染色体がからまって、ほどけて、子どもになる。男女のペアはそのときの結び目。結びつきは一瞬だけど、それがくりかえされて網ができる。

「ところで、ちょっと思ったんですけど……。これ、もったいないですよ。売ったりしないんですか？」

小菊ちゃんが急に刺繍に話を戻す。

どきっとした。前に日下さんと作品と世界のつながりについて話したことを思い出す。足りないのは作品を世に送り出す回路。あのとき日下さんはそう言っていた。

「これだけきれいなんだから、売れるんじゃないですか？」

売る。珠子おばさんも職人だったと言っていた。日下さんと話していたときは具体的なことまで考えていなかったが、それがほかとつながるということなのか。

「でも、どこで売るんですか？」

「いまはネットでハンドメイドのものを売ってる人もいますし、販売イベントもいろいろあるみたいですけど……」

　小菊ちゃんはうつむき、じっとなにか考えている。

「実は、二ノ池駅の近くに、知り合いの店があるんです。そこに持っていってみませんか？」

　小菊ちゃんが顔をあげた。

「雑貨店なんだけど、ちょっと変わったお店なんです。置いてあるのが、素敵だけどあんまり役に立ちそうにないものばかりで。でも、大島さんは好きだと思う」

「おもしろそうですね。刺繍のことはともかく、そのお店に行ってみたいです」

「彼女だったら、大島さんの作品、気に入ると思います」

　小菊ちゃんはにこっと笑った。

　木曜日の夕方、日下さんが植物園にやってきて、いっしょに帰ることになった。小菊ちゃんから、刺繍を知り合いの店に置かないかと誘われたことを話した。

「いいじゃない。うん、あれは売るべきだよ。売るっていうか、ちゃんとなにかの形で人に見せた方がいい」

日下さんはさらっと言った。

「いえ、まだ決まったわけじゃ……。置いてもらえるかどうかもわからないし」

「置いてもらえるでしょ」

日下さんはあたりまえのように言った。

「売れるでしょうか」

「さあ。売れるかどうかは、買う側の問題なんだからよくわかんないけど。でも、そこで売れなかったらまた別のとこを探せばいいじゃない」

「でも、なんだか自信なくて……」

「売れなかったら客の見る目がないって思えばいいじゃない。迷うようなことじゃないと思うんだけど。毎度毎度大島さんのこだわりはよくわからないなあ」

日下さんは苦笑いした。

「ははあ、なるほどね。自信がないのは、自信があるのの裏返しってことか」

日下さんがにやっと笑った。

「作品への愛っていうか。人に見せたくないっていうのは、バリアなんだよ。自分が大切にしてるものを人に壊されるのが怖い。そうでしょ?」

　日下さんがわたしの顔をのぞきこんでくる。

「ちがいますよ。わたしはただ自分の技術に自信がないだけで……」

「じゃあ、どこまでできたら売れるの? あれだけできてたら充分でしょ? 世の中で売られてる刺繍にはもっとへこへこなのもあるじゃない?」

「あるかもしれませんけど」

　ちょっとむっとする。

「そういうのとはいっしょにされたくない? じゃあ、やっぱり自信があるんだ。あたって砕けたくない、っていうか、傷つきたくないってことだよね。作品って自分の分身みたいなものだから」

「そういうんじゃないですよ」

「大島さんは謙虚なように見せて、実はプライドが高いんだな。自分のいちばん大切な部分を隠して生きてる。外で見せてるのは仮の姿、だから柔軟にできる。だけど、ほんとうに大切な刺繍を人にけなされたり無視されたりするのは耐えられない」

「ちがいます」

日下さんから目をそらす。日下さんはなにもわかってない。「人に作品を見せるのは、愛の告白と似てる。相手が自分を受け入れてくれるかどうか。それが怖くて二の足を踏むんだ」

答えるのをやめた。なにを言ってもわかってもらえない気がした。

「そうじゃない？」

日下さんはからかうようにわたしを見た。

「まあ、いいでしょ。どっちにしろ大島さんの作品なんだし、自分で決めればいい」

わたしが黙っていると、日下さんは冷めた口調で言った。

わかったようなこと言っちゃって。考えてみると、出会ったときからそういう人だった。人の気持ちを見透かしたような目。しかも、それを遠慮なくずけずけ言う。

家に帰ってもむしゃくしゃしていた。

そういうものじゃないんだってば。わたしの刺繍は。

箱から刺繍を引っ張り出し、床に広げる。

白い布がどんどん床を覆っていく。

下にいくにつれて、古いものが出てきた。

レンギョウの刺繡。ああ、これは、高校二年になる春に刺したものだ。進路が決まらずに、刺しながら迷い続けていた。ハナミズキ。これは高校一年のとき。あのころはなんとなくクラスに馴染《なじ》めてなくて悩んでいたっけ。

刺繡といっしょにどんどん時間をさかのぼっていた。マツリカ、スイレン、ヤグルマソウ。拙い。拙いけど、見ているとそのときそのときの自分の思いがよみがえってくる。

あそこにもここにも、若いころの自分がいた。強情で、わがままで、自分本位な理屈であれこれ悩んで。情けなくなるほど小さい自分。

そして、テッセン。

見たとたん、はっとした。美術館で銅版画を見たあと、はじめていまのステッチを試みたときの作品。だからこのなかでいちばん古い。でも、思ったよりずっときれいだった。拙いことは拙い。でも精一杯の力で作ったことはわかる。

作りはじめてみたものの、うまくいかなくて何度も糸を抜いてやり直した。そのひと針ひと針の感触が指先によみがえる。ああいう試行錯誤はもうできない。

ため息をついた。

珠子伯母さん……。どんな人だったんだろう?　母の話を思い出した。プロとして織物を作ってたって言ってたけど。

写実的な図柄が特徴だったの。織物とは思えないほど細かい柄。精密な図なんですね。風里の刺繍の腕は、珠子伯母さんゆずりなのかも、って。

母や小菊ちゃんの声が頭のなかでぐるぐるまわる。

ひな祭りの時期しか見ないんだもの、刺繍しているとき、人形のことなんて思い出しもしなかった。でも、どこか似ている。それは血筋かもしれない。

珠子伯母さんからの血筋なら、少しは誇りを持ってもいいのかもしれない。いや、持つべきじゃないか？

自分の作品を人の手に渡す。手工芸品は、人の手に渡ってはじめて成長する。人の目に鍛えられて熟練していくのが、ほんとうに健全な手仕事のあり方。珠子伯母さんはそう言ってたって……。

もう一度テッセンのハンカチをながめる。

試してみようか。声に出してつぶやいた。

日曜日、二ノ池駅で小菊ちゃんと待ち合わせた。

「あそこ、あそこ」

小菊ちゃんが指した先に、グレーの枠にガラスがはいった古い扉があった。扉に小さく「枝と小鳥」と書かれている。小菊ちゃんのあとについて、店にはいった。

棚のうえに正体不明のものが並んでいる。文房具に食器、置きもの、アクセサリー。いろいろあったが、どれもほかでは見たことのないものばかりだった。そして、人の手でていねいに作られたものだということがよくわかった。

壁の高いところにつくりつけの木の棚があって、鳥の巣のようなものがたくさん置かれていた。ひとつずつ形や大きさがちがうのは、鳥の種類のちがいによるものだろうか。売り物ではないようだが、店の雰囲気にぴったりと合っている。

店名の「枝と小鳥」っていうのは、鳥の巣のことだったのか。

「大島さん」

小菊ちゃんの声がして、はっと我にかえった。

「こちらがここの主人の桐生《きりゅう》さん。こちらが電話でお話しした大島さんです」

「こんにちは。桐生です」

店の人が細い指で名刺を差し出す。桐生澄世《すみよ》さんというらしい。

「あ、よろしくお願いします。大島です。すいません、名刺がなくて」

しどろもどろになりながら言った。若いのにこの店の主人ということはある。

こんなおしゃれな人は雑誌のなかでしか見たことがない。

「よろしくお願いします。早速ですけれども、御作品、見せていただけますか?」

桐生さんがにっこり笑う。

「あ、はい」

すっかり緊張して、声が裏返っているのがわかる。カバンからもぞもぞと刺繡された布を取り出し、差し出した。

「どうぞ、おかけくださいね」

桐生さんが横にある椅子を指す。あいまいにうなずき、腰をおろした。

桐生さんが布を広げている。一枚一枚ゆっくりとめくっていく。店のなかに流れるゆったりした音楽。棚にならんだ鳥の巣を見あげる。高い天井の下を飛んでいく小鳥たちが頭に浮かんだ。

「素敵。とてもいいですね」

ややあって、桐生さんはわたしをじっと見た。

「きれいですね、これ、シダですか?」

「はい」

わたしはうなずいた。

「作家さんははじめは皆さんそうおっしゃるんですよね。でも、ちゃんと作業に見合

怖れをなしてそう訊くと、桐生さんは表情も変えず、大丈夫ですよ、と言った。

「ちょっと、高すぎませんか？」

桐生さんが提示した価格は意外なほど高かった。

「お値段は、そうですね……」

まだどきどきしていて、頭がついていっていない。

「え、ええ。でも……」

うしろから小菊ちゃんの声がした。

「よかったじゃないですか」

「まずはこのあたりを。それで様子を見てみましょう」

作品のなかには、布のまま、なんの形にもなっていないものもかなりあった。桐生さんはハンカチやコースターの形に加工されたものを何点か選び出した。

「ハンカチとかコースターとか、用途のあるものの方が売りやすいので……」

置いてもらえる？　心臓がどきどきして、なにも答えられない。

桐生さんはしずかに言った。

「置いてみましょう」

った価格にしておいた方がいいですよ。そうでないと続かなくなります」

続かなくなる……。続けて扱ってくれる、ということなのか。またどきどきが強くなる。もちろん、売れなかったらこれで終わりなんだろうけれども。

「この一枚を作るのに要した時間を考えてみてください。時給で考えたら、これくらいは妥当でしょう？　それに、高く設定するのは、責任でもあります。それだけの質をキープするってことですから」

「わかりました」

わたしはうなずいた。責任、という言葉に背すじがのびた。

「桐生さん、素敵な人だね」

近くのオープンカフェで紅茶を飲みながら、わたしは言った。

店を出て、日の光を浴びると、呪縛が解けたみたいになった。あの店は、雰囲気がありすぎる。異世界みたいだ。

「そうでしょ？　それに、おもしろい人なんですよ。店に鳥の巣がたくさんあったでしょう？」

小菊ちゃんがくすくす笑う。

「ええ」

「あれ、全部桐生さんが作ったんですよ」

「そうなんですか？　てっきりほんものかと思ってました」

人が作ったものだったのか。ちょっと驚いた。

「小学校のとき、あ、桐生さんは帰国子女なんで、小学校はオーストリアなんですけど、夏休みの自由研究みたいなもので、三種類の鳥の巣を作ったんですって。図鑑で調べて、実際にその鳥が使う木の枝を探して、鳥と同じやり方で」

「へええ」

「あまりにもうまくできてたから、学校で賞をもらったらしいんです。以来、鳥の巣作りにすっかりはまっちゃったらしくて。いろんな種類の鳥の巣を作り続けてるそうなんです」

「なんだか、えーと……神秘的ですね」

「ふふ、神秘的、かあ。ほんと、そうですね」

小菊ちゃんは妙にしみじみ言った。

「彼女、高校時代の先輩だったんです。うちの地元の学校で部活がいっしょだったんですけど、大学で東京に出て来て偶然この店で再会して」

「部活、何部だったんですか？」

「文芸部。わたし、もともとはどっちかっていうと夢見る文学少女だったんです。植物が好きだったから、植物が出てくるファンタジーを書きたいなあ、なんて」

「うん、小菊ちゃんなら書けそう」

「いえ。そんなこと、ないんです。あるとき気づいたんです、わたしには物語を作る力はないって」

小菊ちゃんはさばさばした声で言った。

「そのきっかけになったのが桐生さんだったんです。彼女、転入生で……。田舎の学校ですからね、彼女が来たときは大騒ぎだった。すごくおしゃれな人が来たって。彼女を見て、この年になれば、人間、もうほとんどのことが決まってるんだな、って思ったんです。物語、何度かトライしたけど短いものすら書けなかった。若いうちは可能性は無限とか言われるけど、それは嘘。できることは限られてる。だからもっとも得意なところで勝負しないと、結局勝てない」

きりっとした小菊ちゃんの横顔を見ながら、すごいな、と思った。高校時代、わたしはもっと能天気だった。将来のことなんてなにも考えてなかった。

「それで、大学はいちばん成績のいい生物の道に進もうと」

「若いうちにそんな理性的な判断ができるなんて、むしろ、すごい」

「理性的っていうか、現実的なんです、悲しくなるくらい。だから物語を書けなかったのかも。でもね、結局のところ、いまの道でよかったと思うんです」

小菊ちゃんはきっぱりした口調で言った。

「物語を書くのには向いてないけど、読むのには向いてる。そういうことってあると思うんです。わたしは、物語を解読する道を選んだんだ、って」

「物語を解読する?」

「生物学科にははいったけど、なにを研究するかはさっぱり決められなかったんです。はじめは系統学にもそれほど興味がなかった。でも、苫教授の授業がおもしろくて」

たしかにときどき大部屋で耳にする教授の話は門外漢のわたしにもわかりやすく、おもしろい。

「苫教授の授業を聞いて、系統学ってすごく物語のある学問なんだな、と思ったんです。進化の長い物語を解くなんて、ロマンチックだし……。冒険ファンタジーよりダイナミックかもしれない、って」

進化の物語……。そう言ったとき、小菊ちゃんの目がきらきらした。

「教授は日本で最初に分子生物学を植物系統学に導入した研究者のひとりなんです。

ＤＮＡを調べるようになって、系統樹は大きく書き換えられ、進化というものに対する考え方も変わった。苦教授はそういう時代を切り開いた人なんです。まあ、ちょっと落ち着きがないところはありますけど、学者としてはすごい人なんですよ」

小菊ちゃんは笑った。


そのとき、携帯電話が鳴った。取ると桐生さんだった。

「売れましたよ、あっという間でした」

「え、どれがですか？」

驚いて訊いた。

「全部です。お預かりした五点、全部」

「え？」

「あのあとすぐ常連さんが何人かいらして、買っていったんです。皆さんとても気に入ったらしくて。なかには、何枚か同じものがほしい、っておっしゃる方もいて」

「ほんとですか？」

「できたら、近いうちにまた作品を持って来ていただけませんか？　今回はあっという間になくなってしまったけれども、ほかのお客さまにも気に入っていただけると思うんです」

「わかりました。この週末のうちに持っていきます」

「お願いします」

「こちらこそよろしくお願いします」

深々と頭をさげ、夢見心地のまま電話を切った。

売れた……。こんなすぐに？　信じられなかった。

「売れたんですね」

小菊ちゃんの声がした。

「そう……みたい。びっくり」

「売れると思ってました、あの店なら。でも、まさかこんなに早いなんて」

小菊ちゃんは驚いたように言った。

「あ、あの、ありがとう」

「え？」

「小菊ちゃんのおかげです。桐生さんだって、小菊ちゃんの紹介だったから、快く応じてくれたんですよ」

「こういうのって、人のことだと意外と出来ちゃうんですよね……」

小菊ちゃんは苦笑した。

「ほんとにうれしかったんです。自分の作品が人の手に渡ったことが。ずっとそうしたかったんだ、って。いまのままじゃ単なる自己満足だってずっと思ってたんです。けど、小菊ちゃんが言ってくれなかったら、いつまでも……。いえ、ともかく、なにかお礼したいです、ほんとに」

うわずって、途中でなにを言っているのかわからなくなった。

「じゃあ、ケーキでもおごってもらいましょうか。実はさっきからこれが気になってて」

小菊ちゃんはそう言って、はずかしそうにメニューを指した。真っ白くてまん丸のオトメなケーキだった。

広い空間。人も建物もなにもない原っぱ。ぼんやりそこに立っていた。

さやさやと揺れる草。これは、夢だ。

遠くに人影が見える。制服の女の子がひとりで空を見あげている。

あの子、前にも夢で見た。ここに越して来た日に見た夢に出てきた子だ。なぜ？

どうしてまた同じ子が？

知り合いなんだろうか。心あたりを順に思い浮かべる。高校生？　いや、大人びているけど、中学生かもしれない。最近はそんな年ごろの子と会う機会なんてない。じゃあ、過去の知り合い？　高校とか中学のころの？　仲のよかった子たちの顔を次々に思い浮かべるが、どれもちがう。

なんとなくポケットに入れた指の先になにかがあたる。布……。ハンカチ？　ポケットから引っ張り出す。

テッセンの刺繡だった。ポケットを見おろす。赤いコート。これはむかし着ていたコートだ。中学のころ……。胸には三つ編みにした髪が垂れている。

ということはつまり、鏡がないから見えないけど、わたしも中学生の姿になってるってこと？

ああっ。思わず声が出た。

そうだ、これを作ったときって……。で、あの子はあのときの夢のなかの……。記憶がうわっとあふれ出してきた。

床の上を朝の光がちらちらしていた。

あの夢。そうだったのか。

中学の終わりごろ、はじめて好きな男の子ができた。でも、結局なにもしなかった。できなかったのだ。告白することもできなかったし、ふたりきりで話したことも、もちろんいっしょに遊びに行ったこともない。ただ遠くから見ていただけ。

テッセンの刺繍。あの作品を作ったのは、そのころだったのだ。ただ、自分の存在をたしかめたくて、バカみたいに刺繍した。できたのは、明け方だった。朝の陽射しのなかで見たそれは、とてもうつくしく、なんだか有頂天だった。

次の日、それを持って友だちと出かけた。たしか、卒業式前の日曜日だった。映画に誘われて、小さな映画館に行った。夢のなかで着ていたコートは、そのときのものだった。その年の冬買った、赤いダッフルコート。

単館上映のいわゆるミニシアター系の映画で、映画好きで早熟なその子に連れられて、そういう映画をはじめて見た。映画館を出て、彼女とあたりをぶらぶらした。街を行くあてもなくさまよい、屋台のクレープを食べたりしながら、そのあいだじゅう、彼女はひとりで熱っぽく映画について語っていた。

そして、見たのだ。憧れていた男の子が、ほかの女の子と手をつないで歩いていくのを。氷が割れるみたいに、世界が砕けた。音もなく。友だちはさっきと同じように笑っていて、空は晴れていて、なにもかも一瞬前と同じだった。

友だちと別れてから、涙があふれだした。泣きながら家に帰って……。

そして、あの子に会った。その晩の夢のなかで。あの子はそのときの夢のなかにいた。不思議な草原の夢だった。

ともあれ、そうして、はじめての片思いは終わった。たぶん、期間にして、一カ月未満。あの夢も、あのハンカチも、その苦い思い出につながっていた。


三月も終わりに近づいて、ずいぶん日が長くなった。夕方、標本室で作業していると、こんこんとノックの音がした。ふりむくと日下さんが立っていた。

「あれ、日下さん、打ち合わせですか？」

「いや、今日は仕事じゃなくてね。桜の時期だから、植物園の桜を見に来た」
二、三日前から咲き出して、天気がよかったせいか、もう満開近くなっている。
「小菊ちゃんから聞いたよ。刺繡、順調に売れてるみたいだね」

「そうなんです。来月からは週に一度定期的に納品に行くことになって」

「よかったね」

日下さんはしずかに笑った。その笑顔を見て、なんだか、負けた、と思った。結局、日下さんの言う通り、店に置いてもらったのはいいことだったし、ためらっていたのはくだらないプライドのせいだったのだ。

「あれはいい作品だよ。人に見てもらうべきだ」

日下さんはいつになく真面目な顔になる。

「そうでしょうか。そんなこと、考えたこともなかった」

戸惑いながら答えた。

「いままでは、ただ刺繍したくてしてただけ。うまく言えないんですけど、刺繍してるとすごく、充実した気持ちになるんです」

言葉をとめ、少し考える。

「たぶん、わたしは、驚き続けてるんです、物心ついたときからずっと」

「驚く？ なにに？」

日下さんが首をかしげる。

「世界にはいろいろな形の生きものがいるんだって。その驚きをどこかにとどめておきたくて刺繍してるのかもしれない」

「そうか」

日下さんはちょっとやさしい目になった。

刺繍してると、なにかと会話してるような気がするときがある。世界とわたしをつなぐ結び目を作っている気がする。

「ともかくよかった。人に見てもらうって、大事なことだよ。緊張するけどね」

日下さんがにこっと笑う。この前の陶芸の個展のことを思い出した。

「日下さんはどうだったんですか？　最初の個展のとき、緊張しました？」

「最初どころか、いまでも緊張してるよ」

「そうなんですか？」

予想外の答えだった。緊張しているようには全然見えなかった。

「そうだよ。終わってから自己嫌悪なんてこともしょっちゅう。でも、愛の告白よりは気楽かな。相手決め打ちじゃなくて、だれかが拾ってくれればいいわけだから」

日下さんはまたいつものような、にやっともにこっともとれない笑みを浮かべた。

愛の告白……か。わたし、いままでそういうの、したことがなかったんだな。中学最後の事件以来、一度も自分から働きかけたことはない。いつも受け身で、結局どれもなんとなく過ぎてしまい、ひとりでいる。

「そろそろ仕事、終わるよね。桜、いっしょに見て行かない？」

「いいですね。ちょっと待っててください。もうすぐ閉門ですけど、わたし、裏口の鍵持ってるから、そのあとも大丈夫ですよ」

「やった。実はちょっとそれを狙ってたんだ。じゃ、桜並木のあたりにいる」

日下さんは笑って、標本室を出て行った。

ばたばたと片づけて、桜並木に向かった。日下さんが立っている。ぼんやりと桜を見あげている。なんだかいつもの日下さんとちがう気がした。

「きれいですね」

近づいて話しかけると、日下さんがふりむき、はっとしたような顔になる。

「ほんとだね」

そう答えたときにはいつもの顔に戻っていた。

「桜って、どうしてこんなにきれいなんだろうなあ。毎年驚くよ。前の年もきれいだと思ったはずなのに、忘れちゃうのかな」

「特別ですよね。むかしから、花といえば桜、と言われてるのもわかります」

「でもさ、実は、ソメイヨシノって最近の植物なんだよ。知ってた？」

「そうなんですか？」

「江戸末期か明治初期くらいに、造園師が園芸品種として作ったらしい」

「ってことは、むかしの日本人の見てた桜はこれじゃないってことですか？ 万葉《まんよう》集《しゅう》や古今集《こきんしゅう》に詠まれてる桜も……」

「あれは野生の桜だろうね。ヤマザクラとか。それに、ソメイヨシノは一代雑種で……」

「一代雑種？」

「ちがう種でも交配はできる、でも、その子は子どもを作れない。それが一代雑種。ソメイヨシノは花は咲くけど受粉しないんだ。いまあるソメイヨシノは、全部クローン増殖なんだよ。つまり、挿し木で増えたもので、もとは一本」

これが全部、もとは一本。桜並木を見あげながら不思議な気持ちになる。

「それに、ソメイヨシノは寿命が短いんだ。野生の桜だったら樹齢何百年の古木なんてのもあるだろうけど、ソメイヨシノは六十年が寿命。人より短い」

桜の花びらがひらひら舞った。ふたりで花のトンネルの下を歩いた。ずっと遠くまで花びらが舞って、現実じゃないところまでつながっている気がした。

「季節って、くりかえしやってくるんですね」

なぜかそんな言葉が口からもれた。

「そうだねえ」

日下さんは、なんでそんなあたりまえのことを、という表情で笑った。

「あたりまえのことなんですけど……。わたし、いまはじめて、ほんとうにそう思った気がするんです。自分が死なないような気がする、っていうか」

「え？」

日下さんが驚いたようにわたしを見た。

「死なないっていうのとは、ちょっとちがいますね。わたしの身体もめぐっていくものの一部で、なくならないのかも、みたいな……」

話すうちになにが言いたいのかわからなくなってくる。

「死っていうのは不思議なもんだよね。自分が死んだら世界も終わる。僕個人から見たらそうだけど、実際にはそうじゃない。僕が死んでも、世界は続いてく」

「わたし、死ぬことばっか怖がってる子どもだったんです。痛いのが怖いんじゃなくて、なくなることが怖かった。死ぬってどういうことなんだろう、って考えて、よく眠れなくなった。死んだらなにもなくなる。じゃあ、なにもない、ってどういうことなんだろう、って考えたら、ますます眠れなくなって」

「それで？」

日下さんは笑った。

「親に話しても、死んじゃったらもうお前はいないんだから、怖いこともないよ、とか言われて、ますます」

わたしも笑った。

「でも、いまはなんとなく、わたしのなかに死んだ人の声がたくさんはいっている、ような気がするんです。その人が生きてるのとはちがうけど、人が完全に消滅するってこともないのかなって思うし……。ああ、なに言ってんだろ？　去年祖母が死んだせいかも」

「そう。亡くなったの」

日下さんは息をつき、足下を見た。やっぱり今日の日下さんはいつもとちがう。

「不思議な世界だね、ここは」

しばらく沈黙が続いたあと、日下さんがつぶやく。すっきりした顎の線を見あげて、背、けっこう高いんだ、と思った。

「大きな生きものの夢のなかにいるみたいだ」

「そうですね、この下にいると、時間が止まってるみたい」

わたしはぼんやりそう答えた。日下さんの頬にはふくらみがない。ぺたんとしている。そのうえの、奥二重のまぶたが閉じて、開いた。

「ソメイヨシノは受粉しない。つまり、ずっと片思いってことだよね。だからこそきれいなのかもしれない。時間が止まってるような気がするのも、そのせいかもしれないね」

風が吹いて、桜の花びらが散った。日下さんの瞳にも桜が映っていた。

「春の匂いがする」

また日下さんの目が閉じる。花を包むように。

「生きものの身体から、なにかが溶け出していってるんだ」

日下さんの声が、遠くからのもののように耳に響いた。

生きてるもの、これから生まれるもの、死んだもの……。空気のなかにいろんなものの息が溶けこんでいる。まざりあって漂っている。

わたしたちってなんなんだろう？　どっかから来て、いつかなくなる。

満ち足りている、と思った。いまの自分はとても満ち足りている、と。完璧になにもかもそろっている、というのとはちがう。どちらかといえばすかすかで、自分が薄くなって消えていく感じ。自分が自分でなくてもいい感じ。でも、なぜかとても満たされていた。


植物園を出て、駅に行く日下さんと別れた。

二ノ池公園の出口まで来たとき、奇妙な感覚に襲われた。目の前に広がる、薄暗い原っぱ。ここ、来たことある。自分の家の前なんだから、あたりまえじゃないか。いや、そうじゃない。もっとむかし、この原っぱを見た……。

思い出した。あのとき。中学最後の春休み、映画から帰ったあと見た夢。あの子のいた草原。あれは、ここじゃないか。

いまの家に越してきてから見た夢のなかで、あの子がいたのはうちの前にある原っぱだった。そのときは、原っぱが家の前にあるから夢に出てきたのだと思った。でも中学生のころのわたしは、まだこのあたりに来たことがない。もちろんあの原っぱを見たこともない。

どういうことなんだろう？　でも夢なんて、いつだっていい加減なものだ。脳が見せるいたずらみたいなもの。ほんとは中学生のときの夢に出てきた原っぱは、あそことは全然ちがったのかもしれない。あの子が中学生のときに見た夢に出てきた、ということ自体、ほんとかどうかわからない。

家が見えてくる。わたしの家。古い、木造の、小さな家。

街灯のなか、白いものがひらひらと落ちてくる。桜の花びらだ。家の裏の方から、雪が降るみたいに。うちの庭にも、裏の斜面にも桜はない。母屋からだ、と思った。

あの庭なら、絶対どこかに桜があるだろう。

——不思議な世界だね。大きな生きものの夢のなかにいるみたいだ。

日下さんの声が耳奥で響いた。ふんわりと春の匂いがした。わたしの家が春の匂いに包まれていた。

本書は二〇〇八年十二月に角川書店より刊行された
『恩寵』を大幅に改稿の上、改題したものです。

冠・婚・葬・祭　中島京子

人生の節目に、起こったこと、出会ったひと、考えたこと。冠婚葬祭を切り口に、鮮やかな人生模様が描かれる。第143回直木賞作家の代表作。（瀧井朝世）

とりつくしま　東直子

死んだ人に「とりつくしま係」が言う。モノになってこの世に戻れますよ。妻は夫のカップに弟子は先生の扇子になった。連作短篇集。（大竹昭子）

虹色と幸運　柴崎友香

珠子、かおり、夏美。三〇代になった三人が、人に会い、おしゃべりし、いろいろ思う一年間。移りゆく季節の中で、日常の細部が輝く傑作。（江南亜美子）

星か獣になる季節　最果タヒ

推しの地下アイドルが殺人容疑で逮捕!?　僕は同級生のイケメン森下と真相を探るが――。歪んだピュアネスが傷だらけで疾走する新世代の青春小説！

ピスタチオ　梨木香歩

棚（たな）がアフリカを訪れたのは本当に偶然だったのか。不思議な出来事の連鎖から、水と生命の壮大な物語「ピスタチオ」が生まれる。（管啓次郎）

図書館の神様　瀬尾まいこ

赴任した高校で思いがけず文芸部顧問になってしまった清（きよ）。そこでの出会いが、その後の人生を変えてゆく。鮮やかな青春小説。（山本幸久）

マイマイ新子　髙樹のぶ子

昭和30年山口県国衙。きょうも新子は妹や友達と元気いっぱい。戦争の傷を負った大人、変わりゆく時代、その懐かしく切ない日々を描く。（片渕須直）

話虫干　小路幸也

夏目漱石「こころ」の内容が書き変えられた！　それは話虫の仕業。新人図書館員が話の世界に入り込み、「こころ」をもとの世界に戻そうとするが……。

包帯クラブ　天童荒太

傷ついた少年少女達は、戦わないかたちで自分達の大切なものを守ることにした。生きがたいと感じるすべての人に贈る長篇小説。大幅加筆して文庫化。

うれしい悲鳴をあげてくれ　いしわたり淳治

作詞家、音楽プロデューサーとして活躍する著者の小説&エッセイ集。彼が「言葉」を紡ぐと誰もが楽しめる「物語」が生まれる。（鈴木おさむ）

ちくま文庫

三ノ池植物園標本室《さんのいけしょくぶつえんひょうほんしつ》　上《じょう》　眠《ねむ》る草原《そうげん》

二〇一八年十二月十日　第一刷発行

著　者　ほしおさなえ

発行者　喜入冬子

発行所　株式会社　筑摩書房
東京都台東区蔵前二―五―三　〒一一一―八七五五
電話番号　〇三―五六八七―二六〇一（代表）

装幀者　安野光雅

印刷所　中央精版印刷株式会社

製本所　中央精版印刷株式会社

ISBN978-4-480-43566-8　C0193